U0053533

跟孩子上人生課

Ms Yu 著

致畢業生

目錄

前言

當初決定出版這本書，有一個自私的原因。

故事要從十二年前說起。

那年我加入一所新學校工作，被安排當小一 ABCDEF 班的音樂老師。因為某些特別安排，這六班共一百八十位孩子的音樂科，至小學畢業都由我任教，無間斷地，每星期兩課。

直到這班孩子升上中學，這份教緣便告一段落。因為長久相處，所以心裡十分不捨，多麼希望可以跟他們繼續分享音樂談人生。之後年復年，教務繼續，每每到學期尾，當要跟一級孩子道別時，類似感覺都會湧上心頭。

到二零一四年中，我開始在網上發表文章。當年那 1ABCDEF 的孩子已經是初中生了。有次無意中發現他們有人轉載我的文字，感覺猶如發現了一個新的教學空間——不能當課室裡的老師，在網上用文字「授課」也未嘗不可。這樣一寫便五年了，期間沒有為寫作這回事訂下任何目標，純粹希望孩子看見，在敢言與慎言間，其實還可以找到一片暢所欲言的空間。

雖然這幾年間有不同出版社邀請我將文章結集成書，但因為我寫字的初衷是希望促成網上的即時互動，將文字出版成書則是一個沒特別吸引我的媒介——有點像舞台劇跟電影的分別吧？——所以統統婉拒了。

時間把大家帶到 2019 至 2020 學年，這是一段香港人無法忘懷的日子。十二年前那班在音樂室跟我一起唱、一起跳、一起笑的傻孩子，轉眼就要中學畢業了。這班童年已過、成年未滿的孩子，

在這關鍵一年，需要面對學業以外、前所未有的挑戰：上學期有激烈的社會動盪，下學期則要面對世紀疫症。

一想到自己不能為孩子做些甚麼，心裡就好難過，於是便毅然決定在應屆畢業生們為前途努力的同時，身為老師的自己也定個目標一同努力，就寫一本書當作給孩子未來的祝福吧！

一路走來，教學相長是實在的，見證學生的成長令老師變得更成熟。這本書記載的，是一趟可一不可再的人生路。

除了當年那 1ABCDEF 的學生，也將每篇文章獻給修畢人生某個階段的讀者。學海無涯，人生本來就是個不停修業與畢業的過程吧？走得愈遠便愈明白，一個階段的終結不過是下一個階段的序幕。

這便是我在內頁寫上「致畢業生」的原因。

希望無論外貌、心境如何改變，我們也要竭力好好保存心中那個小孩，他雖然看似脆弱得不堪一擊，卻是一生中最認識自己的人，在緊急關頭，會發揮意想不到的威力。

當你細讀這本書的時候，如果發現自己無故被感動至哭了笑了，那絕非因為我的笨拙文筆或者書中記載的傻話與瑣事，而是因為你在字裡行間，跟那位人生中最認識自己的小小角色相遇了。

Ms Yu
二零二零年四月二十四日

第一課：快樂

開心係食朱古力！

| 余力行，3 歲 |

快樂是跟爸爸一起砌積木。爸爸是我的好幫手，陪我
一起把顏色分類，一起面對挑戰。每次當小小的積木
變成一件件製成品時，我覺得又神奇又滿足。

| Hadrian Man，7 歲 |

快樂是我會幫助別人，不會欺負人。

| 鄧子瑤，8 歲 |

我覺得最快樂的事情就是可以不做功課，一整天
在家裡看電視、玩遊戲機和玩具，哈哈！

| Marcus Leung，8 歲 |

1.1 | 初見

每個人的生命裡都會出現多不勝數的大小人物，有些人只是萍水相逢，有些人卻能在自己身邊逗留大半生。公平的是，無論對象是誰，初次見面的一瞬間，一生就只有一次。即使不能久留，相信所有人都希望自己能夠在別人的印象裡留下美好的初見回憶。

老師面對學生也不例外。

當老師十多年了，依然會因為新學年來臨而興奮得睡不著，因為每個新學年，我都要迎接一班從幼稚園升小一的新生。跟他們首次正式見面，是小一老師最重視的一課。如果第一堂的節奏掌握得不好，以後便要花雙倍的努力去收復失地，所以這一課不容有失。

====================

鐘聲響起，小息結束了。

六歲的孩子們看見我這位陌生的大人走進課室，班上的氣氛難免緊張起來。有正在看書的孩子趕緊將圖書塞進抽屜、剛丟完垃圾的急步返回座位、正在扮超級英雄格鬥的男孩子也立即收起拳風就座。差不多每位孩子都正襟危坐認真地看我的臉、我的頭髮、我的服飾等等，大家都在猜想我到底是位怎樣的老師。

然後我看見有個女孩子還站在課室後方吃水果，她拿著吃剩一半的蘋果，尷尬地望著我這位初次見面的老師，不知如何是好。

「不要緊，等你吃完我們才開始。」我先開口對她說。她點點頭，一邊咬蘋果、一邊跟餘下的二十九位同學對我上下打量。

我們靜靜等待，才過了半分鐘，有性急的同學開始顯得不耐煩，催促還在咬蘋果的女孩：

「快點！所有人都在等！」

「這裡的每堂音樂課，我們都會一起等到所有人預備好才開始。也順道一起學習等待吧！因為每個人都會遇上某些時刻，希望別人等一等自己，我相信沒有人想因為自己上廁所而錯過遊戲吧？」我回應後，大家安靜下來。

雖然我們還未彼此認識，新生之間也尚未混熟，但他們首要知道的是，在這個班房裡，每個孩子都同等重要，一個也不能少。

蘋果女孩終於吃完剩下那半邊蘋果，洗了手便返回座位，可以開始課堂了。初次跟全班見面，我不會一開始便自我介紹，也不會一本正經地鞠躬說句「各位同學早晨」。這個堅持了多年的習慣，源自《小王子》的一句話：

Grown-ups like numbers. When you tell them about a new friend, they never ask questions about what really matters.

（大人就是喜歡數字。當你提起一位新朋友，
他們從不會問起真正重要的事。）

大人在某些方面的確無知，不甚了解何謂「真正重要的事」。我們不必奢望能夠成為孩子的朋友，但起碼要努力嘗試不要當上他們眼中那些糟糕的大人。

要認識一個人，名字實屬次要。第一堂音樂課，孩子最需要知道的，應該是眼前這位陌生的音樂老師會唱歌、會拍手、會微笑也會扮鬼臉，他們應該首先記下老師的聲音與說話時的神態。我到底叫 Ms Yu 抑或 Ms Yuen 其實完全不重要，反正孩子遲早會弄清楚。

跳過拘謹的自我介紹環節，我一開口便開始唱歌拍手。既然人的聲線是與生俱來，唱歌就是種自然的表達方式。不是嗎？我們都會在心情好時邊沐浴邊高歌，或在憂傷時輕哼從耳機傳來的旋律。所以，面對一年級的孩子，清唱比躲在鋼琴後唱來得自然。

當然我亦希望孩子能體會一張口便能高歌的快樂。因為一個人若果有想唱便唱、聞歌起舞的本領，他已算得上是個自由的人，尤其在那個年紀，唱得好不好不是重點。如果硬要為每堂課冠上一個教學目標，這些便是第一堂音樂課裡孩子需要學習的重要事情。

孩子望著我邊唱歌邊拍手、視線一直跟著我遊走在桌子與椅子之間，戒心終於放下，原本皺著的眉梢亦放鬆下來，身體不再繃緊著，換上的是一張張輕鬆的笑臉，孩子做回自己了！

我們望進彼此閃閃發亮的眼睛，終於互相認識，這一生一次的初見也順利完成。來日方長，在往後的日子，我們會在音樂室裡一起經歷長知識以外的種種事情，當中的喜怒哀樂會令老師跟孩子一起成長。

1.2 | 99%的快樂

Nicholas 是一位創意無限的孩子。四歲的他很愛嘗試,即使失敗了也會記得我說過的話。

「答錯問題不要緊,最重要是嘗試,對嗎?」

我微笑著點頭。

「Ms Yu,我好喜歡你!」然後他會笑眯眯地拉著我的手再補上一句,這孩子就是有種能瞬間把人心融化的本事。

我對 Nicholas 的印象特別深刻,可能是因為四歲的他表達能力比同齡孩子強,總能夠準確地將天馬行空的想法化成說話跟我分享。

在他的世界裡,吹波糖可以長在樹上;下雨天掉下來的雨點都是棉花糖造的機械人(他更仔細補充,因為真的機械人太硬太尖,如果從天上掉下來會使人頭破血流,所以要改成棉花糖造的);地板可以是永遠不破的氣球,各人可以隨意彈到想去的地方,跌倒也不會覺得痛。與這樣聰明的孩子傾談,腦筋轉慢一點也跟不上那些千變萬化的念頭。

Nicholas 早就了解到我是個不介意傻話的老師,所以一有新的鬼主意就會跑來跟我分享,我亦樂意奉陪到底。

到 Nicholas 五歲,我再重遇他,便發覺他眼裡面那種對世界充滿好奇心的閃爍目光消失了。我拉著他的手說話,他的語氣竟然變得客客氣氣的——是我最怕的那種唯唯諾諾面試腔。

為了逗他,我告訴他我看見一隻紫色的小兔在我家窗前飛過。他

終於笑了，但卻立刻更正我：

「Ms Yu，你真傻，兔子是白色的，而且牠們不能飛啊！」

聽罷我洩氣了，於是趁著跟他獨處的機會，想跟他深談一下。

「Nicholas，你快樂嗎？」孩子從不介意老師直接問這種問題。

「唔……50% 快樂！」他猶豫了一下才回答我。

才沒有見他兩個月，竟然連百分比都學會了，果然是個聰明的孩子。

「只有 50% 嗎？那餘下的 50% 在哪裡？」我追問。

「我上你的音樂課時便覺得 100% 快樂。」他眨一眨眼，終於露出久違的笑容。我心頭甜了一下，鼻頭卻隨即變得酸酸的。

「那在家呢？在家時有 100% 快樂嗎？老師一回家便 100% 快樂！」我希望話題延續下去。

他認真地計算著百分比，然後問我：

「唔……我可以悄悄地告訴你嗎？」

我點了點頭，然後將耳朵靠近他，聽他一本正經告訴我：

「我回家時覺得有 99% 的快樂。」

「原來如此。那 1% 跑到哪裡去？」我再問。

Nicholas 好像有好多話想說，卻詞不達意，畢竟他只有五歲。我其實聽說過一點內情，於是問他：

「是不是放學後還要上其他的課？回家後又有好多事要做？」

大概因為我說中了他的心聲，所以他立刻興奮地猛點頭，搖晃著那隻小小的食指，望著我說：

「對！你說得對！就是這樣！不知怎地，一回到家我就感覺很忙，覺得很難、很辛苦。」說畢他仍臉帶笑容。

我聽罷卻久久未能釋懷。到底是甚麼奪走了他那 1% 的快樂？

學校與家原本是童年的避難所、是孩子累積快樂之地。童年可能是人生中唯一可以經歷 100% 快樂的階段，但原來有些不過四、五歲的孩子，在家在校已找不到 100% 的快樂了。

孩子還小，他們未必會懂得反對，只會跟著做。不需多久，他們會找到新的避難所，發現只要躲在一切預設的功課、練習與試卷後面，努力做、不犯錯便算安全。

「好像很忙、很難、很辛苦」，默默接受總好過犯錯或反抗而被責罵──這感覺似曾相識嗎？沒錯，現今有許多孩子根本還未好好長大，卻已經要如大人般消磨日子了。

大人深明這種少做少錯、不做不錯的日子不好過。為了不犯錯而每天如履薄冰地過著的感覺，迫使人一點一點地失去自我；那一點一點，叫做妥協。人的快樂指數其實一直遊走在妥協與不妥協之間，有人將之美名為一種藝術，說穿了，不過是種成年專屬的唏噓。

所以說，一生就只得一次的童年，實在配得 100% 的快樂，1% 都不能妥協。

1.3 孩子哭了

曾經跟小一的學生分享過一位烏克蘭籍沙畫藝術家的表演片段。沙畫家在時而激昂、時而幽怨的音樂下，將一盤平平無奇的沙粒在八分鐘內變成一幅幅會說故事的連環圖。表演的尾聲，畫家在沙上寫上幾個我看不懂的文字，但同時寫了一組令我明白故事背景的阿拉伯數字：1945——她用沙畫說了一個有關戰爭的故事。

納粹軍在第二次世界大戰期間先後兩次佔據烏克蘭，國家不斷要為著主權問題跟德國與蘇聯斡旋及抗爭。對烏克蘭的人民來說，那是黑暗的歲月。

這一段歷史，別說六、七歲的小學生，連對我來說也頗為陌生。雖然我在播放前有過一絲猶豫，怕話題太深奧，小孩子不能明白，但最後還是選擇與他們分享。原因是我希望他們明白創意不應受環境限制。哪怕孑然一身，只剩下一雙手和一堆沙，藝術家都沒有停止創作。再者，背景音樂很出色，整個表演觀賞度極高。

影片開始，孩子們凝視著熒光幕，看著那盤散沙慢慢變成一幅幅漂亮的圖畫，孩子都驚訝得說不出話來，有的張開小口，有的皺著眉頭。我最喜歡在這時候偷看他們，孩子臉上那副認真投入的表情總會令我感動。好想他們知道，老師雖然算不上博學多才，但只要他們肯認真學習，我都願意把自己所認識的世界跟大家慢慢分享。

表演到了中段，課室傳來一陣不尋常的聲音。我回頭一看，原來有孩子哭了。我不作聲，決定先讓他們看下去。

八分鐘的演出完結後，我關掉電腦，走到課室另一端開燈。孩子

並沒有發出平常那猶如電影院散場的吵雜聲，因為他們都還在沉澱中。

「怎樣？喜歡嗎？」我走回自己的桌子前面向他們，故作輕鬆地問。

他們靜靜地點頭，並似乎突然意識到，這種「喜歡」有點另類。孩子都喜歡玩耍、買玩具、吃巧克力等等。能討他們歡喜的，從來只有令他們微笑的事情，所以他們有點不明白，明明剛剛看完一段令人傷感的故事，笑不出來，但自己又確實喜歡得希望多看一次——這對六、七歲的孩子來說是比較複雜的感受。

於是，我告訴他們一點故事的背景，然後開始讓他們發問，聽他們抒發一下自己的情緒。他們想知道故事裡的主角為甚麼哭，又想知道沙畫中看似跟自己同齡的小孩，有沒有機會在戰爭結束後再見到爸爸，亦問主角為甚麼變老了。

他們的問題令我也不禁沉思，孩子還未有興趣像成年人般，去爭辯歷史大事中誰勝誰負或誰對誰錯。面對殘酷的戰役，那堆有關傷亡數字、重建費用和年分的數字對他們來說全無意思，但細想，他們問的不就是最關鍵的問題嗎？戰爭與衝突之所以可怕，是因為它令小孩子與爸爸永別、令人衰老、令人哭泣。

這一課，對孩子跟老師都一樣深刻。藝術的修養從不能被強迫出來，亦不是透過機械式操練而成的。孩子能夠一起被一幅幅圖畫和音樂感動，甚至哭了起來，是因為他們擁有一顆出於至善的同理心，能赤裸裸地感受別人所感受。只要好好保護這顆純正的初心，他們一定能繼續與藝術結緣，長大後成為有修養的人。

1.4 | 輸得快樂

上課時玩遊戲的其中一個目的,是希望孩子可以離開舒適的椅子,跟同學拍拍手、跳跳舞。雖然一離開座位,他們就會陷入一片小混亂,但為了可以玩遊戲,六、七歲的孩子不消一會便能找好位置、平靜下來。

除非老師沒有將遊戲規則講解清楚,否則遊戲過程中會發生無法控制的情況其實少之又少。最混亂及危險的時刻,通常是在遊戲完畢,孩子需要返回座位之時。要知道如果當下直接跟喘著氣的孩子說:「大家請返回自己的座位。」老師是在自挖墳墓,因為某些恆常在「鬥快」狀態的學生,一定會立刻拔足狂跑。三十個六歲小孩在空間有限的課室裡奔跑,情況好比動物大遷徙,甚至更震撼。來自四面八方的孩子橫衝直撞,意外發生率也極高。

為免令自己陷入不必要的恐慌,我設計了一個小遊戲,既能令他們安全抵步,又能令自己保持心境平靜,一舉兩得。

遊戲規則只有一個:所有人只准用八步返回座位。我拍一下手,大家才可以踏出一步。要贏,便要在第八拍時坐下,太遲或太早也算輸。我會請孩子先停下來望望自己跟椅子的距離,再計算路線及步伐大小。只有八步,不容有失。

遊戲看似簡單,每個孩子開始時都顯得胸有成竹,但因為他們每踏出一步,同學們的位置都會隨機改變,換言之他們都要立刻應變、修改原定路線,所以對六、七歲的孩子來說是有一定難度的。最後當然有人成功,亦有人因為差兩步輸了。當然也總有幾個沒聽好指示的孩子,早早返回座位,以為快就是贏。

全班順利地返回座位了，眼見他們還在喘氣，便討論一下才繼續上課。

「請問剛才誰可以準確地在第八拍坐下？」我問。

大部分孩子都成功了，沾沾自喜的把手舉起來。

「恭喜，你們贏了！我也想知道，剛才有誰在八拍以外坐下？太早或太遲？」

有幾位孩子誠實舉手。

「原來如此。即是說你們輸了。」我察覺到其中兩位臉上顯得不是味兒，便走近其中一位，問他：

「那你下次還想再玩嗎？」

「當然想！好好玩！」他再次面露笑容。

「這真奇怪，既然你輸了，心中一定有點不好受，那為甚麼還會說遊戲好玩？」

「噢……我不知道。感覺好好玩就是。」他抓抓頭，不知如何解釋。

「孩子啊，遊戲的快樂到底從哪裡來？是因為最後贏了嗎？」這次我轉向全班孩子問。

「當然！」剛才贏出遊戲的孩子大聲喊出來。

「但即使剛才輸了的同學也說遊戲好玩啊。」我反駁。

孩子立即靜了下來，都在思考。

「那是因為遊戲中的快樂其實來自遊戲的過程啊！贏了，可能令你更快樂，但勝利並不是快樂的主要來源。輸了，我們會有點不高興，但它並不會拿走我們從遊戲過程中得來的快樂啊！你們同意嗎？」

孩子滿足地點點頭，無論輸了或贏了的孩子似乎都十分期待再玩一次。他們未有預期的是，自己在成長中將會參與不同種類的遊戲競賽，有時僥倖與努力會為自己帶來勝利，有時盡了力卻依然失敗。無論結果如何，我只希望他們能謹記，那個常常被忽略的過程才是能夠使人快樂的理由。

1.5 | 負能量王

每個人身邊總有一兩個負能量王,他們有能力為任何事情和對話內容注入負能量,令聽者感覺無奈及無所適從。有人提議吃日本菜,他會說:「魚生有蟲,不如不吃。」旅遊時,旅伴建議不如到當地菜市場逛逛,他會說:「聽說那邊特別多扒手,不如不去。」就算有人簡單說一句:「今天天氣真好!」他都能反駁:「但明天可能下雨。」這種人通常不是故意掃大家興的,只是從小習慣了挑剔、只看到不滿。

我的學生當中,就有這種負能量王。年紀輕輕本來應該開朗活潑,但有些孩子老是諸多不滿、特別喜歡投訴。Victoria 就是這種小孩,她的負能量是我見過最強的。每次上課時,不論任何事情打擾到她,她都會按捺不住立即皺著眉投訴,內容當然是一些史上最「小學雞」的事情。

「Ms Yu,Chloe 的手肘過了界。」

「Ms Yu,Samantha 說我是 Harry 的女朋友,但我不是。」

有時我發問時,Victoria 會筆直地把手舉起,我滿心以為她要回答提問,誰知又是一宗投訴:

「Ms Yu,我剛才看見坐後排的兩個男孩在玩口水,沒有留心上課。」

她並不明白,在她審視課堂上每個人的舉動的同時,其實她才是最不留心、錯過最多的一個。

有一次 Victoria 向我投訴時,我一邊聽,一邊看著她的臉,突然

發現她眉梢間的那片小肉也有不少毛髮。我忽發奇想，懷疑是否因為她皺眉時間太多，令那片皮膚特別肥沃，使兩條眉毛快要連成一線了？

一天下課後，我終於忍不住問她：

「Victoria，你知道嗎？在剛過去的四十五分鐘，你一共投訴了八次。你整天都皺著眉，你快樂嗎？」

她搖頭。

「其實我覺得你的觀察力超強。你真的很留意身邊的同學呢！除了投訴，可以告訴我一件他們做得好的事嗎？」

她想了想，又搖頭。

「我卻見到很多好事。不如這樣，我們約定，以後每次下課後，你告訴我兩件你觀察到的好事，好嗎？」一言為定，她願意接受挑戰。

起初，要發掘好事對 Victoria 來說實在不容易，她皺著眉想了大半天也說不出來。於是我告訴她三個例子：

「我看見 Darren 借出自己的鉛筆給 Josephine 用。他願意分享，所以是好事。」

「我看見藍組有在發問前舉手，也是好事。」

「剛才你要離開座位向我匯報前，鄰座的 Kary 向你說了聲加油。那是好事嗎？」

「那些不過是小事！」她搶著說。

我恍然大悟，原來在她而言，小的好事不足掛齒，但頑皮小事便要即時被公諸於世。

難怪她不快樂。

我們對這種「只批鬥不諒解」的態度最熟悉不過。不是嗎？社交媒體上最尖酸刻薄、「抽水」最強的言詞往往能得到最多的關注與掌聲；相反上載一張風和日麗笑哈哈的相片，通常都得不到太多讚好。

不知從何時開始，我們都忙著挑剔和指控，再已無暇留意身邊美好的小事。這種散佈負能量的習慣好像有蔓延的趨勢，從網絡、街上，到辦公室，現在就連學校裡都好像充斥著像 Victoria 這種負能量王。

Victoria 練習了好幾次之後終於有進步了；她開始跟我分享一些她觀察到的好事：

「今天 Bernice 發問前有先舉手。」

「全班同學也有帶音樂簿。」

說著說著，她的眉梢終於放鬆了，我首次清晰見到她的兩條眉毛。

「Victoria，你看，同一雙眼睛，只要你選擇看一些美好的東西，心情便自然會好起來。雖然有好多事情未必到我們選擇，但是快樂不快樂，卻是由自己決定的。你明白嗎？」我語重心長地說。

終於，我第一次看見 Victoria 帶著微笑點頭。

無論如何，每個人都要把人生從頭到尾走一遍，如果我們能學會先察覺到高山低谷中必然存在的漂亮風景，路的感覺會變得平坦一點，步伐的重量也會變得輕鬆一點。

1.6 留白不是罪過

最喜歡在下課前預留幾分鐘跟孩子玩些小遊戲，其中有一個跟聲音與距離有關的簡單遊戲，一年級的學生都極愛玩。

首先我會準備一件體積小的物件，譬如一個小皮球，然後從班上選一位同學站在課室外面，確定他看不到課室內的情況後，我便會把小皮球藏起來。當全班同學都知道它的秘密位置後，我就請站在課室門外的同學進來。他的任務是要靠全班同學給他的提示去找出被藏起來的皮球。

提示是甚麼呢？是掌聲。那位同學要憑聲音找出皮球的位置。當同學距離物件很遠，我們便輕聲拍掌；當他走得離物件愈近，大家的掌聲也會變得愈來愈響亮。當聲浪達到頂點時，便代表皮球已離自己不遠，可以在當前位置更仔細地找。

有一次，我趁家長觀課日，特意玩這個遊戲，讓父母觀察自己孩子在群體遊戲中的表現。六、七歲的孩子玩遊戲時從不欺場，總是全情投入，家長看得不亦樂乎。

下課後，有位媽媽跟我寒暄一番後，問起這個遊戲：

「Ms Yu，剛才的課堂設計不錯，但有關那個遊戲，雖然很好玩，但請問背後的學習目標是甚麼呢？」

會直接問起「學習目標」的家長一定不是省油的燈，我了解她需要聽到的答案，於是便專業認真地向她陳述：

「音樂上，他們會學到聲音與距離的關係。當會發聲的東西離我們愈近、聲浪便會愈大，火車的轟隆聲就是一個例子。另外，遊

戲也訓練他們合群，並學會在適當的時候做適當的事，例如拍掌的聲量要與其他人一致及要保守秘密。最後，這個遊戲沒有比較，拍掌的同學都希望負責找皮球的同學找到。這種遊戲令孩子學會鼓勵，培養團結精神。」

聽罷，那位媽媽滿意地微笑，不過我決定多加一句：

「不過這些所謂學習目標其實都是次要的，我純粹是因為遊戲好玩所以玩而已。懂得如何享受遊戲帶來的快樂，才是重中之重的學習目標呢！我相信這是我們都同意的。」

她明白我的意思，向我點一下頭便沒再追問了。

學習其實是一個很複雜的過程，但是習慣將事情量化的成年人卻把學習看成一張千篇一律的清單，而清單上列明了各科目需要達標的要求，當中有數學訓練、英語能力測試、音樂考試、游泳錦標等等。這張清單令許多人產生錯覺，以為只要安排子女完成清單上所有項目，便算滿足了學習的要求。於是大家便順著大隊，考試的考試，補習的補習，務求將孩子的時間表塞得滿滿。

孩子或許能夠用多國語言說出彩虹的七種顏色，卻從未見過真正的彩虹。至於「樂趣」的概念抽象，由於無級別之分，亦無試可考，所以人的學習字典裡似乎不需要有「享受樂趣」這一項。

在學習生涯裡，每個能夠被量化的範疇當然重要，可是它們只能協助我們滿足生命最表面的渴求。擁有「小提琴考試 135 分」、「英文考試十五個盾」或「校際比賽第二名」這類成就好像變成了成長的里程碑。大人都有種奇怪的傾向，去將一些能力高低並不能用數字或名次衡量的活動——如蹦蹦跳、挖泥土或玩扭計骰——直接歸類為「玩耍」。除非遊戲活動背後動機明確，否則玩耍只是浪費時間。

給孩子的童年留一點白好像已淪為一種罪過。

許多家長不當孩子享受玩耍時的投入與專注是一回事，覺得那是與生俱來的，所以沒有打算替他們好好保存那份熱誠。久而久之，孩子依照大人的期望成長，跟原有那份對生命的熱愛距離愈來愈遠了。

童年其實是孩子跟父母的心最接近的時光，也是父母引導孩子用心用手感受世界的黃金時期。如果硬要他們在這段寶貴的日子在家和校以外的地方東奔西走，為才藝訓練、語言學習而勞碌，就等於讓他們的童年輕率地在父母的指縫間溜走。

到頭來，一手滿滿的勳章獎狀只能換來一顆空洞的心。

1.7 絕世筍工

有次打算為孩子說故事，便邀請各位同學來到我跟前席地而坐，自己則坐在椅子上，務求能看到每個孩子。在等待三十位孩子安頓下來之際，我聽到兩位孩子的悄悄話。

「喂，你過來我這邊坐。」一位女孩子向坐在不遠的朋友招手。

「為甚麼？」這位朋友似乎不願換位。

「這個位置能看到 Ms Yu 的腳板底呢！」

這時才記起當天穿了一雙沒有包裹腳跟的平底鞋，雙腳蹺起時，鞋底部分便會輕微離開腳底，所以腳板底能被坐在地上的小鬼看到。聽到她們這麼一說，我哭笑不得，只好立刻更正坐姿。

老師，的確是神秘的物種呢。

又有一次，剛滿四歲的女生唱罷迪士尼公主系列的歌曲後認真地告訴我：

「你知不知道公主是不用尿尿的，就像老師一樣。」

「老師不用上洗手間的嗎？」我忍不住笑了。

「不用。」

「為甚麼？」

「因為他們整天都要教小朋友，只需要臨睡前去一次。」她的語氣肯定得我也差不多要相信她的話。

年紀愈小的孩子，愈自我中心；這也是他們常常會鬧出笑話的原因，畢竟他們要先建立好自己小小的宇宙才能夠與外邊的大世界接軌。因為抽象的概念要等他們大一點才會開始形成，所以能令七歲以下的小孩百分百相信的通常只有他們親眼見過、親手摸過的事物，例如鳥會飛、狗會吠、糖果很甜、羽毛很輕等等。

教育心理學家 Jean Paul Piaget 推論得沒錯，兩至七歲的孩子雖然能使用語言及符號等表達外在事物，但思考往往不合邏輯，因為他們以自我為中心，所以不能見及事物的全面性。他們認為所有人眼中的世界都跟自己所感受的一模一樣。

老師，大概是孩子除家人以外接觸得最多的成年人，所以他們自覺對這個職業好熟悉，卻其實只是一知半解。

有次我正在等一年級的孩子排好隊。站在隊頭的女孩子趁等待時間問了我一句：

「Ms Yu，其實你需要工作嗎？」

站在較後的男孩子聽到，反應突然很大，插嘴説：

「你在説甚麼？ Ms Yu 是一位老師！老師便是她的工作啊！」

「這個我當然知道啦！我的意思是你需要坐在辦公室打字嗎？」孩子眼中「工作」的定義比較狹窄。

「這個嘛……我的確不需要常常坐在書桌前打字。」既然她問得認真，我也得認真回答。

「所以你的工作是每天唱歌、跳舞和玩遊戲嗎？」她終於得出結論了。

「你可以這樣說。」事實上她的確說得沒錯，連我自己也頓時覺得正在打一份絕世筍工。

「嘩！真好！我長大了也要做 Ms Yu ！」小女孩甜甜地望著我。

我微笑說好。

望見眼前這顆小豆，想起青出於藍的定律，其實只要按部就班地好好成長，長大後一定會比我強大很多很多。孩子，只要能一直忠於自己的喜惡，努力不懈，一定會找到一份令你們甘心投入終生時間與精力的絕世筍工。

1.8 | 許願的意義

有一個有關許願的小故事,我特別喜歡跟孩子分享,然後發現,許願這回事對不同年紀的孩子有著不同的意義。

「從前,有一隻很喜歡上學的小狗,可是他上學時偶爾會感到害怕,也會想念媽媽,小狗多麼希望可以跟媽媽一起上學。小朋友,你們覺得可以帶媽媽回學校嗎?」

「不可以!」幼稚園的孩子已經知道這是不可能的。

「對呢,大家都要勇敢地自己上學呢!啊!我有個辦法,小狗可以偷偷將媽媽放進書包裡,便能帶她上學!」我假裝一個很有辦法的樣子。

「哈哈哈~不可以!書包太小了,怎能裝下媽媽?」孩子捧腹大笑。

「啊,也對……那不如將媽媽放進食物盒,悄悄帶她上學!」我繼續裝傻。

「不行啊,Ms Yu,這太傻了!」這次全班都笑了。

「噢,對呢……食物盒也太小了。於是小狗許了一個願,希望可以用魔法將媽媽縮到很小很小,這樣一來,就能將媽媽放進書包和盒子,帶回學校了!」

這樣一說,每次都會令相信魔法的幼稚園孩子不疑有他,覺得小狗只要閉起雙眼許個願,願望就會成真。這種天真的盲信,也許就是孩子總是無憂無慮的原因。

年紀大一點的孩子聽這個,反應有點不一樣,因為他們開始明白世上根本沒有魔法,懂得許一些較實際的願望。有次我講完這故

事後再直接問他們：

「孩子，你們覺得故事裡，這隻小狗的願望會成真嗎？」

「不會⋯⋯」孩子可憐天真的小狗。

「對呢，那個願望聽起來真傻！那我們還應該許下這種似乎沒有可能成真的願望嗎？」

對於六、七歲孩子而言，這是個難題，一方面他們喜歡談論自己所想所願，但另一方面也明白，有些願望是不切實際的。

「其實呢，一個願望為人帶來的快樂，並非單單來自夢想成真的一刻。孩子，你們告訴我，剛才小狗許那個傻傻的願望時，牠心裡的感覺是好還是不好？」我嘗試用另一角度切入。

「當然很好。」

「沒錯。一個願望為我們帶來的感覺，其實是由許願的一刻開始。那刻除了快樂，心裡面還會有一種叫希望的感覺。如果我們希望這份美好感覺延續下去，就首先要謹記許過甚麼願，然後努力達成它。即使是傻的、搞笑的、不可能的願望都不要緊，重點是我們都會為自己及他人許願，人生才有意義。你們記得自己許過甚麼願嗎？」

六、七歲的孩子又再陷入沉思，嘗試憶起自己曾經許過怎樣的願。

夢想的終點往往遙遠得令人生畏，但它的起點就在眼前。畢竟先要有夢才能追夢。我們若有勇氣許下天真的願，便已經比身邊那些渾渾噩噩地過一生的人優秀很多。世界能夠走到今天，是禍是福，都全賴自古有不少會許願的傻人一直角力。懶理是是非非、誰勝誰負，能夠全情投入，其實已經樂透了。

第二課：善良

善良是當在狂風暴雨前夕滿屋都是飛蟻時，我沒有捉住牠們掉進垃圾桶裡，反而與飛蟻玩捉迷藏及玩開燈關燈遊戲。

| Issac Lee，6 歲 |

善良的人不罵人，或較少罵人。

| Aidan Chan，8 歲 |

善良是看見別人被欺負時，為他挺身而出。

| Casey Yu，8 歲 |

今天在報章上看到一則新聞，一位七十歲的張婆婆在街上收拾紙皮；她把辛苦一整天才換來的四十八元捐給慈善機構。張婆婆說她希望在自己有能力的時候儘量幫助別人。我覺得張婆婆很善良，我要好好向她學習啊！

| Marcus Leung，8 歲 |

2.1 善良的模樣

對於小病是福，老師都有特別窩心的體會。

有一次因為聲帶出現了小毛病，影響發聲，導致說話與唱歌時聲線都十分沙啞。恰巧那天要教孩子唱首新歌，所以擔心自己示範得不夠好。

於是我坐在鋼琴後先告訴孩子：

「你們可能聽得出，Ms Yu 今天的聲音有點古怪，那是因為我有點不舒服。但我依然希望為你們唱這首歌，我會盡力唱好，請細心欣賞。」

歌曲不過一分鐘，我卻唱得好吃力，聲音完全不動聽。

雖然已經事先張揚，但畢竟聲音跟平時聽的不一樣，孩子傾聽時顯得有點不自然。歌曲終結，我把這次演唱的尷尬都寫在臉上。

音樂室寂靜了一秒後，坐在地上的每位小聽眾突然開始為我鼓掌，因為平時他們都沒有這個習慣，所以這個反應是我始料不及的。掌聲剛落，他們開始你一言我一語地向我說了很多似曾相識的說話：

「Ms Yu，做得好！」

「你生病了，也為我們唱，謝謝 Ms Yu！」

「不要緊！你盡力了！」

「對，盡力最緊要！」

這份自發的善良，感動得讓我說不出話來。

有人看不起「善良」，會視之為軟弱的表現，事實卻剛好相反，能夠擇善固執，需要的是一份旁若無人的勇氣。

現實社會的不完美會令一些行外人質疑教育——既然外頭的世界如此不濟，教育為何依然要以善為本？孩子為何還要花時間去學習那些宣揚大愛美德等與現實不符的內容？有人更偏激覺得應該將之省略，直接灌輸下一代有關現實的殘酷與陰暗面，好讓他們及早裝備自己去應付那些妖魔鬼怪。

其實，教育的終極目標並非單單要導人向善，而是要賦予人自由選擇的權利，以及提供一個觀察事情的起點。

我們的正規學業不過佔上人生十多年，餘下的日子便要行走於險惡的世途中。明顯地，學校教育無論如何看重「止於至善」，也不可能令學子成仙，以後不問世事；但靠著這花上十多年培養、以善為本的基石，人才能在面對排山倒海的極惡時，記起善良的模樣，然後再在行善與作惡之間，下一個當下最適時適當的決定。能夠做到收放自如，便沒有辜負教育的期望，算得上是個自由的人。

有天小息，我剛走出課室，便有位一年級學生拉著我的手悄悄說：

「Ms Yu！你跟我來！」他領著我到走廊另一邊，我遠處已看見有同學正在牆邊蹲下圍觀。

我還未來得及弄清楚他們到底在看甚麼，拉著我手的孩子便告訴我：

「有隻蝴蝶啊！」雖然他明顯很興奮，但跟幾個圍觀的孩子一樣壓低聲線，生怕聲浪會驚動了蝴蝶。

我站在他們後面一起觀察，也細聽幾個孩子你一言我一語的悄悄討論。

「牠是否死了？」

「不是喇……你看，牠剛剛動了一下！」

「牠在睡覺嗎？」

「又不是夜晚，怎會睡覺？牠在休息啊！」

「喂，你不要太大聲！會弄醒蝴蝶的！！」

「為甚麼牠只有一隻翼？是否受傷？」

「……」

眼見沒有人回答，我便插嘴說：

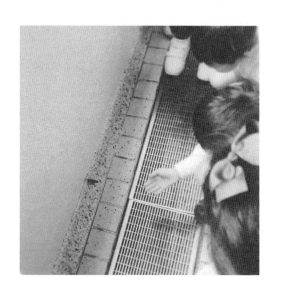

「如果你們仔細看，應該可以見到兩隻翅膀。蝴蝶在休息時，會將雙翼摺起來。」

「哦⋯⋯」長知識了。

「Ms Yu，你知道嗎？我以前養過一條毛蟲。」蹲在我旁邊的孩子用說秘密的神情告訴我。

「真的嗎？你有沒有把牠放生？」我認真地問。

她搖頭。

「噢，那你有給牠食物嗎？」

「有啊，不過牠最後死了。」孩子總能對死亡輕描淡寫。

突然，眼前的寧靜被打破。一個頑皮的三年級男孩也走過來湊熱

鬧，他高大的身影擠到最前的位置，然後作狀踢了蝴蝶一下。

事實上蝴蝶並沒有受驚，依舊附在牆腳，但這一下突如其來的舉動卻驚動了原本安靜蹲在蝴蝶前的一年級孩子。

其中一位首先動怒：「喂！你不要踢！」

小息時發生的衝突，我尤其不想介入，因為這是孩子學習化解危機的時間，於是我先沉默觀察。

旁邊的幾個一年級生也搭嘴，不耐煩地說：

「對啊！你不要傷害蝴蝶！」

「走開！走開！」

那位三年級的孩子其實也沒有惡意，不過想引人注目，既然不得要領便沒趣地敗走了。

我繼續站在那裡一言不發，心裡卻正為一年級的孩子喝采。幾個不知天高地厚的豆丁，在我眼前活現了拳王 Muhammad Ali（阿里）那句 *Float like a butterfly, sting like a bee*。孩子的良善知性，使他們自動自覺為脆弱的蝴蝶小心翼翼；同樣的，那顆良知也給予他們勇氣去為蝴蝶挺身而出。

每當孩子遇上美好的事物，都會毫不吝嗇將整顆心掏出來，然後認真坦白地愛。他們不怕別人看見自己那一觸即碎的脆弱，因為這顆心其實還隱藏著一股尊重生命、明辨是非的霸氣，一觸即發。

這就是我們不能看輕孩子的理由。他們絕非脆弱的蝴蝶，只要能好好保存這顆良心，他們終會成為飛越高山滄海的麻鷹，在適當的時候挺身而出做該做的事，而且做得比成年後的你與我更出色。

2.3 人肉陀螺

有次帶著一班學生從課室前往音樂室上課，中途卻發生了一些小衝突。起初我以為平息了，便繼續行程，但當我們抵達音樂室，所有孩子如常席地而坐之後，我才發覺平時開朗的 Nicholas 顯得悶悶不樂。

原來他還為了剛才在樓梯間的小衝突而生氣。細問之下，有同學說 Nicholas 在樓梯間踢了同學一下，他卻不承認，覺得被冤枉，於是便板起面孔。

說好了一個都不能少，所以決定開導一下他才正式開始上課。

「孩子啊，的確，我們有時會遇上一些令我們覺得不愉快，甚至憤怒的事情，可是無論如何，我們也不應該傷害別人的身體呢！Nicholas，你先看著我。」

Nicholas 沒有理會我，只是從鼻子重重地噴了一下氣。

「Nicholas，請你望著我。」我重複一次。

他依然故我，繼續低頭望著地下。我想，與其跟他周旋下去，不如換個角度看事情。

「似乎你真的很生氣呢！或許我們可以一起幫忙，因為我相信大家都有生氣的經驗呢！你們當中，有誰可以提出一些既不用傷害別人身體，又能夠令自己心情變好的方法？」

班上孩子十分踴躍，舉手輪流作答。

「你可以早點睡覺，抱著玩具心情就會好一點。」紮著孖辮的女孩説。

「你也可以忘記不開心的事情，當沒有發生過就可以了。」校服上有一灘茄汁漬的男孩邊説邊聳聳肩。

「你可以放聲大哭呢！哭完肚子會餓，然後就忘記自己為何生氣。我常常會這樣做！」班上的小胖以過來人的口吻，一本正經地説。

「你可以道歉。」一位文靜的女孩輕聲説。

我覺得她説得特別有道理，於是便補充了一句：

「説得真好。當我們做錯了，只要肯勇敢承認，心裡的確會覺得沒那麼難受呢！」

那位上課時總不能安坐的孩子突然開始坐著一邊自轉，一邊説出他的建議：

「喂！你可以扮陀螺啊！你看看我！很好玩的～你試試！」

然後有七、八位孩子見狀，也立即跟著做，音樂室瞬間變成一個人肉陀螺場。十多位孩子坐在地上轉啊轉，逗得連沒有自轉的孩子也一起哈哈大笑。

Nicholas 偷偷抬起頭望著狀甚滑稽的同學們，嘻一聲偷笑了一下。所有孩子見到他終於笑了，都顯得格外快樂。人肉陀螺們不自覺地多轉了幾個圈。

一起快樂的感覺，著實比起獨自快樂的感覺美好得多了。觀賞完由孩子即席自編自導自演的體貼一幕，令我的心暖了一整天。

2.4 | 頑皮與壞心腸

一年級的班房裡，每天都會發生一些小爭執，內容通常都離不開鄰座同學在沒詢問下拿走自己的鉛筆、玩遊戲時同學不小心撞到自己卻沒道歉、有人替自己起了花名等狀況。聽起來很瑣碎，但在孩子的小小世界裡，可以是天大的事情呢！

小孩子喜歡向老師投訴，一來是為了獲取額外注意，二來也想請老師主持公道，從而開始學習待人處世、分辨事情的輕重。

由互相抵賴、死不認錯，再嚷著老師調停，到和好如初其實好比一台天天上演的戲，認真參與演出是老師的份內事。到他們大一點，投訴會自然減少，除了因為排解紛爭的技巧已經增強，同時亦學會在小事上忍讓與寬恕。

可是有一次，竟然有孩子對我說：「Ms Yu，我不會原諒他。」事發經過我其實看在眼內，所以心裡有數。

那天我如常跟孩子坐在地上唱歌，輪唱一會兒後，我請大家站起來。面向我的其中兩名男孩，左邊的那位一躍彈起，右邊的那位顯得有點笨拙，雙手還在地上正要支撐自己起來。電光火石間，站在左邊的男孩竟然對準右邊男孩的手背大力一踏，還要恥笑他動作慢。

我看傻了眼，心裡揪了一下，那是蓄意傷人啊！我還未來得及反應，被踏到的男孩已經哭著走向我投訴。

欺負人的男孩還擺著一副嬉皮笑臉的表情說：

「對不起啦！我不小心而已。」他明明就是故意的，還在裝傻！

因為正在上課，不能耽誤其他同學的學習，於是我按著怒火，命令他好好向同學道歉，看人家是否能原諒自己。

「對不起。」他說。

「你能夠原諒他嗎？」我問那被欺負的孩子。

「不能，因為他不是第一次這樣欺負我了。」可憐的孩子哭著回答。一個六歲的孩子能夠說出這句話，實在需要很大的決心呢！

聽到他這樣說，我心裡叫好。多少次，我們為了息事寧人，總會叮囑孩子要學習原諒別人，不要動不動便投訴。可是，當有人重複作出傷害或侮辱性的攻擊，我們不也有責任教導孩子如何保護自己，不讓欺凌者得寸進尺嗎？即使是幾歲的孩子也應該學會捍衛自己的尊嚴。

「這是個勇敢的選擇呢！其實如果我被同一個人重複欺負，也未必能再跟他做朋友。我支持你的決定。請你先返回座位，我相信其他同學會待你好。」當他坐下，身邊的同學都安慰他。

欺負人的男孩呢？他依然站在那裡，不知所措地望著我，他一定沒想過這次竟然逃不掉。他是罪有應得的，於我是對他說：

「你看，老師不能強迫一個人去原諒你。現在你失去了一個朋友，我替你難過。你站在這裡想想為甚麼事情會變成這樣，下課後我們再談。」

下課後，我跟他單獨對談。

「孩子，你希望長大後做一個快樂的人還是一個不快樂的人？」我問他。

「快樂的人。」

「你知道嗎，壞心腸的人一定不會是快樂的人。因為他們的快樂需要建築在別人的傷口之上。」

「壞心腸即是頑皮？」

「不是。頑皮的行為不會傷害到別人。譬如你在上課時插嘴說多餘的話，老師會提醒你，但不會如此失望。你剛才做的事情便來自你的壞心腸，因為你故意弄痛同學還嘲笑他、令他難受。」他再沒有否認。

「你知道嗎？老師其實不介意小朋友的一點點頑皮，可是當我看見你們故意做出一些傷害別人的事情，我便會很傷心。因為我怕你們長大了會成為壞心腸的大人。」

「長大了也會壞心腸嗎？」天真的孩子從來都認為長大後一切都會變好。

「當然會，如果你今天不開始學習顧及他人感受，明年你會比今天的心腸更壞。年復年，到你長大了，便會成為一個壞心腸的大人，喜歡看別人跌倒，以傷害別人為樂。你希望成為這樣糟糕的人嗎？」

他搖頭。

「沒有人會歡迎這種人。你看，你今天所做的事便令你失去了一個朋友，他親口說不想原諒你。我也覺得很可惜，但這是老師也改變不到的事實。」

他終於哭了，孩子懺悔的眼淚千金難換。

我告訴他，來到這一步，說「對不起」已經不中用了。如果他在意，唯一的修補辦法是每天都對那位同學好一點，直到一天他肯再次接納自己。

雖然到今天這兩位小男孩依然不甚咬弦，和好如初那一幕還未上演，但起碼欺負別人的孩子沒有再變本加厲。

人性本善也本惡，頑皮與壞心腸有時只是一線之差。當偶爾看見善良孩子的陰暗面，我們無疑會心痛，但不要選擇視而不見或替他們開脫。因為只有這樣一步一步深刻地學，他們才能如自己所願，長大後不成為以害人為樂的欺凌者。

2.5 | 大命與小命

喜歡跟年紀大一點的學生唱動畫《風中奇緣》(*Pocahontas*) 裡的那首 *Colors of the Wind*，除了旋律動聽，也希望他們把歌詞好好存在心裡。歌曲的第一句是分享的起點：

> *You think you own whatever land you land on,*
> *The Earth is just a dead thing you can claim.*

然後我會向孩子細說故事《狼圖騰》裡有關蒙古人面對狼患的一段。據說野狼會趁牧羊人不為意時，襲擊正在草原上吃草的羊群，聰明的狼群更會記下草原的位置、重複襲擊，這令遊牧人煩惱不已。於是有人提議用一把火將草原燒掉以絕狼患，遊牧民族原本就以大地為家，燒掉一片草原，大可以移居別處放牧。

族中長老聽過提議後卻說：

「在蒙古草原，草和草原是大命，剩下的都是小命，小命要靠大命才能活命，連狼和人都是小命。」

草原無罪，它在人與狼還未到來之前已經一直存在。野狼從來沒想過要定草原的罪，人類卻天真以為我們有權判它死刑。為了一私己慾，這些年來人們將能拆毀的都拆毀、能砍伐的都砍伐、能燒毀的都一把火燒掉。人與狼之爭或許難分勝負，可是當小命偏要跟大命硬碰，你說到底誰較命大？

城市人無知，總覺得會跑會跳的才是有生命的東西，所以會毫無羞恥心地摘去鮮花、種出大廈。天天在石屎森林裡穿插的我們，有誰會記起甚麼才是生活之本、生命的美？在這方面，孩子比大人強得多，因為他們單純的眼睛往往很容易察覺到簡單的美事。

即使只有兩、三歲，他們都會肯定地告訴我「我喜歡樹」、「天空是藍色的」、「花很美」。

所以我常常自問，到底是從哪個年紀開始，人們便會失去這唾手可得的滿足感呢？

人算甚麼？霍金曾經這樣說：

We are just an advanced breed of monkeys on a minor planet of a very average star. But we can understand the universe, that makes us something very special.

（我們不過是猴子中較為先進的一種，生活在一個非常普通的小星球上。可是我們能夠了解宇宙，這令我們極為不凡。）

這種了解大概也包含一種超越科學的認知，人類除了能夠憑實驗與運算去推敲種種學術謎團，也是唯一會對宇宙表示敬畏及對大自然讚嘆的生物。要是欠了這種審美與保護自然的內在能力，我們根本優秀不起，連走獸也不如。

所謂大命與小命，其實並沒有高低之分，亦從來不是對立的敵人，事實是兩者一直以來的和諧並存成就了今天的世界。當這和諧遭受到破壞，賠上的應該不只是命。

所以我常常叮囑孩子，在成長的過程裡不要只顧打理腳邊的灰塵，謹記要繼續抬頭望天，提醒自己在穹蒼之下，我們縱然渺小如塵，但是眼前的一切都竟然有我們的份兒。只有好好保存這份讚嘆之情，我們心中的那片草原才能容下世界之大。

2.6 | 靜的修養

跟三歲的孩子玩群體遊戲，教他們如何合作用小手建築一座高塔。
看他們一臉認真靜靜輪候，然後將小手一層一層重疊放在朋友的
小手之上，心裏莫名感動。

記得在外地深造時上過一堂律動課。老師要大家分組隨著音樂即
席創作，跟其他組員用手與手指創造一個「雕塑」。當所有專注
力都放在雙手，我們才第一次發現雙手原來可以這樣優美地舞動。

自此便常常提醒自己，要讓孩子用手腳、用指頭、用眼睛及髮膚
去學習、去感受世界、去建立每個人都配有的存在感。

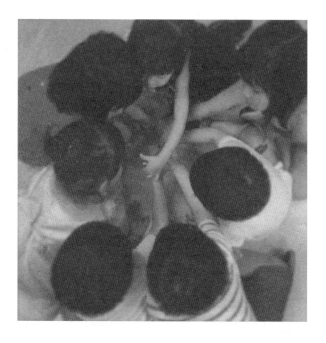

教學法五花八門，大家似乎都習慣讓孩子吸收一些即食的資訊、對外來的刺激作出即時回應，導致現在的孩子聰明反應快，卻偏偏欠缺了一份能夠靜靜地欣賞自己、欣賞世界的能耐。

剛滿三歲的孩子看著老師用指頭做一隻鳥兒，他們總是一臉驚嘆，然後會安靜地看著自己的小手，專心按下每隻指頭、嘗試伸縮每一個關節去模仿，務求令小手伸出小鳥的翅膀。這種心無旁騖、百分百的投入專注，正是活在當下的寫照。

在過度喧譁的世界裡，一點一滴的安靜是多麼的純樸而不起眼，卻是能夠成就個人修養的最佳養分。

2.7 | 成全與承傳

早上跑步時，會經過離家不遠的小型足球場。有一天，場內除了我，還有一位大概十三、四歲的少年在練習射門，以及一位三歲左右的豆丁在場邊跟媽媽追逐嬉戲。

我們各自活動，一直互不相干。過了一會，那個走路還在晃來晃去的豆丁突然停了下來，定睛看著球場上的大哥哥踢足球，最後目光落在那個正在滾動的足球上，似乎在盤算甚麼似的。再過半晌，他撇下媽媽，往少年那邊直衝過去，原來他也想踢足球！

少年看見豆丁正在自信地用最快的速度向自己奔跑過來，於是便有技巧地將旋轉中的足球停下，再將它輕輕踢向豆丁那邊。他刻意放慢腳步，讓豆丁超越自己。小豆丁晃啊晃，平衡了一下，便用那隻胖胖的節瓜腿把足球踢開，然後拍拍小手，又一臉滿足地回到媽媽身邊。

少年微笑了一下，又繼續練習他的衝力射球。

遇上這一幕，令我會心一笑，少年的善良成全了豆丁的小小願望。

其實承傳與成全都是簡單一句：讓開，等他們自己慢慢來。

2.8 粉紅色寶石

有天在一個小女孩的家中上課，我為她獻唱了 *Prince of Egypt* 裡的 *River Lullaby*，那是摩西母親在送走藤籃裡的親兒子前，唱的最後一首搖籃曲。其中一段這樣說：

> *River, o river flow gently for me*
> *Such precious cargo you bear*
> *Do you know somewhere he can live free?*
> *River, deliver him there.*

唱著唱著，有點感慨，彈畢最後一顆音符後，嘆出一口氣之時跟小女孩的眼神碰上了，便立即提醒自己要提起精神，繼續上課。

小女孩天生內向，是那種比較喜歡跟別人保持距離的孩子，我倆上課時一向不多言。

下課前，她請我等一等，然後從睡房拿出一張佈滿色彩繽紛寶石的貼紙帖。

目測最小的大約兩卡，數量最多，也有十多顆約六卡的中型鑽石；而被這些「碎石」包圍著的，有兩顆起碼十卡的橢圓形藍寶石及綠寶石；另外，還有一顆漂亮的粉紅鑽石。

「你選一顆吧！」女孩低著頭靦腆地說。

「唔⋯⋯全部都很漂亮，不如你替我選，好嗎？」我生怕一不小心選了她的心頭好，所以請她代勞。

她點點頭，然後用小小的手指，將貼紙帖中央的粉紅鑽石撕下來。

「這張吧,最漂亮的。」她笑著抬頭,然後將粉紅寶石珍而重之地交給我。很感動,但知道她不會喜歡太熱情的致謝,所以我想了個任務給她。

「謝謝,可以替我貼在手袋上嗎?」這顆寶石無價,所以特地拍照留念存檔。

下課後,我想起這陣子跟應屆中學畢業生聯絡,其中一位跟我分享了他喜愛的劇集 *After Life* 裡的一句話:

Happiness is amazing.
It's so amazing that it doesn't matter if it's yours or not.

還是孩子最明白,何謂獨樂樂不如眾樂樂。他們獻上的縱然看似單薄簡陋,卻往往是最好的。

許多時候,人們似乎不能抓緊自己幸福快樂的感覺,但我們卻不能忽略身邊其實還有一些人,正在為自己與別人的快樂努力著。

有天下課後，我目睹一件小事，卻不知怎地深入我心。

那是午飯前的一堂課，我跟孩子說再見後，各人便如常為午飯時段作準備。負責派發餐盒的兩位同學將課室外盛載午餐盒的大膠箱，合力推進課室。他們專心推著，沒有留意到一些茄汁被濺到地上。正當我想上前提點之際，一個正打算上洗手間的女同學剛好走到那一小灘茄汁前。她停下來，望一望地上的茄汁，便回頭走到老師桌上拿了一張紙巾把茄汁抹掉。她把紙巾丟掉後，才繼續前往洗手間的行程。

我本來打算稱讚她助人的行為，走到一半卻打消了念頭，離開班房了。原因是想到她剛才那一連串動作乾淨俐落，沒有一刻猶疑，也沒有打算惹人注目，那自發性來得多麼順理成章。當孩子只是做該做的事，突然走過去煞有介事地嘉許，反而顯得太突兀了。

我回到教員室，跟她班主任說起這件事，我們都一致認為這小一的女生真是個有家教的孩子。

「家教」是種很微妙的東西，有錢買不到，裝也裝不出來，但它總會在最不經意的電光火石間露出尾巴，那種從心而發的言行舉止從不說謊。

在網上看過一段短片，策劃人邀請了一群來自低收入家庭的小朋友做了一個實驗。實驗人員把小朋友最渴望收到的禮物放在他們眼前，正當孩子歡喜若狂之際，實驗員又把一件他們父母喜歡的東西拿出來，然後對小朋友說：「在你喜歡與爸爸媽媽喜歡的兩份禮物之間，你只能拿一份回家，你會選哪份？」孩子們先流露

出一絲失望的表情，然後猶豫了一會，最後，片段中所有孩子都決定放棄自己的心頭好，把父母喜歡的禮物帶回家。他們解釋自己會收到其他禮物，而爸爸媽媽則沒有太多收禮物的機會。這班孩子雖窮，卻教曉了我們原來有一種家教，叫做「你快樂所以我快樂」。

同樣地，富有的孩子也可以很有家教。我有一位舊同學，家境十分富裕。初中時，她被學校的曲棍球隊選中當龍門。須知道曲棍球的球衣與配備豐富，尤其是負責守龍門的隊員，每次上場都要穿上一套如盔甲般的保護衣。那套球衣價值不菲，全新的動輒一、兩萬元。那位同學曾要求爸爸為她置裝，她的爸爸不肯，只吩咐她用學校借來的那套就好了，於是她迫於無奈之下與一套又殘又舊、充滿他人汗臭的裝備共處幾年。到她畢業後，她的爸爸捐了幾套全新的龍門裝備給學校球隊，供未來的球員使用。

朋友憶述：「我起初因為沒有新裝備而覺得不是味兒，但現在我感激爸爸的堅持。他從沒太在意我的成績好壞，卻在這些事情上特別嚴格。他常說我們不應該因為富有而獲得特別優待，而是應該因為富有而更體貼別人的需要。」現在，這位好友對慈善的事情總會義不容辭，繼續承父訓低調行善。

能夠憂別人所憂、樂別人所樂，是世上買少見少的難得情操，這便叫家教。家教從來沒有貧富之分，因為它完全取決於父母的態度。

社會富庶了，新一代的父母都不惜一切去用金錢、權力為孩子堆砌「最好的」。孩子被無窮無盡的物質掩蓋，眼裡根本沒有別人，試問他們如何能學會憂人所憂？再想，這一代的孩子的生活實在太忙碌了，他們只能為自己的事而著緊，力求自己比別人強，根本無暇去關心別人、替別人高興。

匆匆地，童年過去了，當年一切父母認為是最好的安排竟反過來變成一種負累，揮之不去。

我們當中，有人可能曾經在兒時暗地埋怨爸爸媽媽，為甚麼要寬待別人的孩子，卻對自己特別嚴格？今天卻感激他們當初的囉嗦與責罵。因為嚴格，所以我們學會守時守約，學會為他人設想。我們懂得何時道謝，何時道歉。我們不介意吃一點虧，亦不介意去成人之美。

在社會打滾了多年，便會發覺原來能令人活得安心快樂的主要原因，竟然不是亮麗的學歷或辛苦建立回來的人脈，而是那份從不起眼、植根兒時的家教。

第三課：成長

成長 是

成長是在學校裡吸取知識，發現自己有更多可以學習的事情，也有不斷進步的空間。成長的過程中，有同學的陪伴也很重要呢！

| Hadrian Man，7 歲 |

成長是每天學一點新知識，並不是我們會天天長高的意思。

| Sophie Lee，7 歲 |

成長是由五十厘米成長至一百厘米，長大了。知識方面也可以成長。

| Aidan Chan，8 歲 |

3.1 | 別跟成長過不去

某年冬天，我跟孩子唱了首有關雪人的歌。歌詞描述雪人有一雙用鈕扣砌出來的眼睛，鼻子是紅蘿蔔，嘴巴是一顆糖果，頭上還戴著一頂帽子。我一邊解釋歌詞，一邊將雪人畫在白板上。

畫完之後，我看看自己的作品，甚不美觀，於是忍不住笑了出來。

「Ms Yu 是否畫得很醜？」我問孩子。

他們見我在笑便放下戒心，較仁慈的孩子點頭表示同意，比較直率的回敬了我一句：

「真的很醜。根本完全不像雪人，比較像魔怪。」

我們一起哈哈大笑，然後我為自己打圓場說：

「Ms Yu 小時候沒有認真上美術課，所以長大後畫的畫不漂亮。我其實好羨慕能夠畫畫的朋友呢！所以你們趁年紀小便要好好學，知道嗎？」我邊說邊將白板上的「雪魔」刷掉。

老師在學生——尤其是年幼的學生——眼中很了不起。他們以為老師甚麼都懂、從不犯錯，所以對老師百分百信任。

有人覺得當幼童的老師容易，教的都不過是「ABC」、「眼耳口鼻」、「地鐵小巴」之類的基本知識，可是大部分人不明白，當幼教老師最艱難的地方，其實是如何看待和回應孩子對自己的這份盲信。

「學校」這個特定環境，將「老師永遠是對的」這概念合理化。

是善用或是濫用教育賦予教師的職權，有時只在一念之間。而一個決定或一句話對成長的影響可以是即時，也可以是深遠。當權杖在手，說白一點，老師的確可以為所欲為，所以更要步步為營。當老師的沒有必要捧得自己高高在上，偏要跟孩子過不去。

很多老師都不怕孩子頑皮懶散，卻最怕他們甚麼事也盲目信服，因為當孩子的順從源自害怕、習慣活在別人期望的框框之內，便很難變得真正優秀。身為人師，與其用看似理所當然的權利來迫使孩子學習，何不先花多一點時間跟他們建立互信，經營好能讓孩子安心學習的環境呢？

所以我會刻意在孩子面前偶爾自嘲一下，我犯錯了，如遲到或分享資料出錯時，也會向孩子道歉。身教固然重要，但更重要的是，老師有責任將課室經營成一個公平的地方，令大家知道，課室裡沒有誰比誰有權作出無理的要求。課室也是一個安全的地方，任何人犯錯或出醜，包括老師，都應該可以坦誠面對，配有免於恐懼的自由。

師生之間的互信互重，是孩子學習信任外頭世界的起點。天真的孩子有時會在作業上如實寫下「我不知道」作為答案，每次遇上，我都會會心一笑，因為作弊的輕而易舉更顯誠實的難能可貴，沒有誠和信的人，往往大器難成，所以只有他們能夠放下戰戰兢兢的心情，教與學的過程才會順利愉快。

孩子要尊敬老師、聽老師的話，是因為今天老師的知識與閱歷著實比較豐富，但我們教每一堂課、說每一句話的背後，都在盼望孩子終有一天能夠獨當一面。

當教育工作者從來都不是一份優差，願意一生承教並無他求，就是為了培養比自己優秀的下一代。孩子學習的時光何其短暫，能多著眼學生付出過的努力，並將每個孩子配得的自信一點一滴注

入他們的生命中，才不枉為人師。

記得一次，我在某些特別認真做作業的孩子的工作紙上畫了一粒星，有位獲星的女孩下課後悄悄跟我說：「Ms Yu，我獲得一粒星！我開心得想親吻工作紙十次呢！」她那個燦爛真摯的笑容提醒我，不要看輕教學上任何一個細微的決定。

相信經歷過成長的人都會認同，對人生影響最深最遠的，往往是那些看似微不足道的事情。

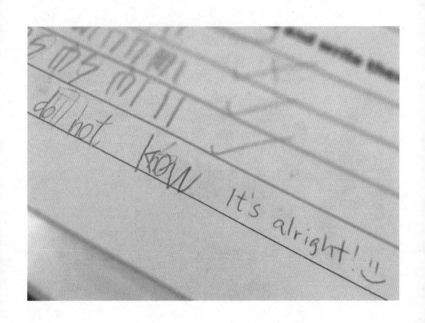

3.2 | 牙縫裡的風波

有次跟一年級的孩子玩遊戲，首先要他們找一位同學席地對坐。擾擾了約兩分鐘，當所有孩子都找到拍檔安靜地坐下來了，我準備解釋遊戲規則之際，一個男孩突然大聲說：

「Ms Yu，我拍檔的牙齒上有一點紅色的東西！」

不說猶自可，一說頓時激起了全班同學的好奇心，課室瞬間變成菜市場般熱鬧，二十多隻小鬼開始熱烈地討論起來。

「紅色？那是甚麼？」

「會是血嗎？」

「血？我好怕血！」

「會不會是蘋果？」

「啊！可能是番茄！我們剛剛吃肉醬意粉！」

然後有人唯恐天下不亂，說了句「讓我看看！」後便爬了過去那位牙縫裡有一點紅的男孩面前。另外有十多個孩子有樣學樣，同樣爬過去湊熱鬧，場面哄動。

突然被同學包圍的男孩登時滿臉通紅，非常尷尬。他唯有即時閉上眼睛，再用盡力將兩手按著嘴巴，不讓任何人接近自己。

這年紀的孩子，最擅長就是讓人見識何謂「一發不可收拾」。區區一句閒話，便可以在十多秒間將他人從平淡無奇拖進水深火熱

之中，其中當然包括老師。

這種老是常出現的突發狀況不能怪罪於誰，「舉報」的男孩衝口而出並非惡意，至於湊熱鬧的孩子也只不過諸事八卦而已，所以我沒有發怒責罵的理由。我迅速走到那個不知所措的男孩旁邊，搭著他膊頭在他耳邊說：「不如你到洗手間一趟，檢查一下牙齒，然後回來，好不好？」他一邊按著嘴巴，一邊猛點頭，然後我護送他到課室門口讓他自行離開。

我回過頭，請各位同學返回原來的位置。因為想等那位男孩從洗手間回來後才繼續上課，所以我沉默不語。坐在地上的孩子望著板起臉的我，以為我正在發怒，所以都不敢作聲，一切終於恢復平靜。

一分鐘後，男孩一臉輕鬆地回來了，他對我笑了一笑，知道他沒有再介意，我便請他坐下。

「孩子，你們認為 Ms Yu 在發怒嗎？」我問大家。

他們點頭。

「我並沒有發怒。剛才的確突然很混亂呢！但我知道你們只不過想了解一些事情，那沒有錯。可是我問你們，剛才你們這樣吱吱喳喳地一窩蜂圍著同學，有幫到忙嗎？有令同學覺得好受嗎？」

「沒有⋯⋯」孩子們搖頭。

「那即使你們知道同學的牙縫裡藏著點甚麼，你們會變得更聰明嗎？」我再問。

「不會⋯⋯」孩子們想了想，再搖頭說。

「你們看，這種事完全沒有重量，是不重要的。我才不想知道別人牙縫裡藏著些甚麼！一窩蜂爬過去的同學既幫不到忙，對自己又沒有益處，你們說應不應該走過去？」

「我們只不過是好奇。」有孩子腦筋轉得快，舉手回駁一句。

「我並不覺得那是『好奇』，那只算是『八卦』。因為好奇心通常應用在有益處的事情上。譬如你們對音樂有好奇心，你會想學得更多，學習的過程使你知識漸長。諸事八卦的人只會浪費時間在無聊的事情上。」

「那『八卦』很壞嗎？」有孩子不太明白。

「諸事八卦不是很錯，Ms Yu 有時也會很八卦呢！」他們笑了。

「但是我希望你們有懂得分辨事情輕重的智慧，不要有事沒事都去湊熱鬧，先想想別人感受，在適當的時候做適當的事。你們說，上課時跑過去看別人的牙縫，是適當還是不適當？」

「哈哈哈，不適當。」他們終於意會到剛才的場面其實有多滑稽，哄堂大笑起來。

他們似乎明白了一些道理，也可能不過是一知半解。不要緊，學校就是一個這樣美好的地方，孩子在這裡長大，過程中難免會犯下大大小小的失誤，重要是他們能夠在安全的情況下從錯誤中學習。

每當一些突發事情在堂上發生，判斷事情嚴重性的關鍵人物往往不是學生自己，也不可能是旁人，而是負責的老師。如何應對課室裡不同的狀況，完全取決於教者的教學動機與態度。能將課室裡的大事化小，再將之化為一堂深刻的人生課，便能令學生成為更好的人。

教學豈會一帆風順？哪怕千方百計訓勉一百遍，孩子也未必能學好，當教師的也需要繼續努力。

在這個資訊發達、大是大非的時代，要將發生在牙縫裡的風波發酵易如反掌。一幅照片、一句閒言或一些小事都能惹來眾多閒人指指點點，引起牽連大波。只願我們都有分辨事情輕重的智慧，多花時間心思在值得的事情上。

3.3 │ 請撫心自問

有人説孩子是三尖八角的物種，所以需要時間學習如何跟別人磨合，過程中難免會發生一些小衝突。最令老師頭痛的，往往是那些源源不絕的小投訴。

「老師，他打我。」

「老師，他用鉛筆在我的工作紙上畫了一下。」

「老師，他在偷偷看書。」

「老師，他將擦膠碎灑在我的頭上。」

「老師，他不斷跟我説話但他的口很臭。」

孩子自我中心強，每遇上不合心意的事情，都希望搶先跟老師分享，表面上是希望老師替他們抱不平，實際是想看看老師會如何反應，從老師的言行間學會分辨事情的輕重。當這些投訴開始氾濫時，我便會跟他們説：

「Ms Yu 上課的主要目的是教音樂及跟你們唱歌、玩遊戲。如果所有人都比較喜歡投訴，我提議不如將『音樂課』改成『投訴課』，人人一起皺著眉頭互相投訴，好不好？」

他們當然立即説不好。於是我繼續説：

「既然你們不同意，從今以後，當你要舉手投訴前，請先分辨要説的究竟是大事抑或小事。如果只是小事，首先想想是否能夠接納及原諒朋友，如果真是非投訴不可的天大事情，請你好好記著

事情經過，等到下課後再跟我說。」

令人安慰的是，經歷了一個學期的練習與不斷提醒，孩子開始能夠分辨何事為大、何事為小，不再為一些雞毛蒜皮的事舉手投訴了。

話雖如此，處理孩子大小過失依然是教師的工作日常。犯錯後孩子的反應，基本上分為兩大類：第一種孩子犯了錯會大方承認，爽快認錯，另一種則會死口不認，拒絕認錯。記得一次，兩位孩子在堂上吵起來。

「Ms Yu，Victoria 打我。」男孩先上前投訴。

「Victoria，你有打他嗎？」我轉向女孩詢問。

「有，但是 Nicholas 先打我……」女孩抗辯。

「不要說『但是』，你只需要告訴我，你有否打他？」我再問。

「有，但是……」

「行了，我對『但是』沒興趣。你承認打人，起碼是個誠實的孩子，不過還擊不是最好的選擇，所以請你向 Nicholas 道歉。」

「Nicholas，對不起。」Victoria 爽快道歉了。

「很好。Nicholas，現在我問你，剛才是你動手先打 Victoria 嗎？」我轉過去問男孩。

「不是。」男孩倔強地說，他當然不知道自己的眼神已經出賣了這個答案。

我再重複提問兩次，Nicholas 依然死口不認。

「好，Ms Yu 沒有看見事件發生的經過，所以不能冤枉你。我知道你是個好孩子，所以選擇相信你。不過當返回座位後，請你撫心自問多一次。因為如果你在撒謊，就算老師不責備你，你的心裡都會冒起一種十分難受的感覺，會比老師責罵更不好受。你還有話想跟我說嗎？」我給予最後一次機會，可惜他依然固執，我便吩咐他返回座位繼續上課。

過了五分鐘，我見 Nicholas 開始用衣袖抹眼淚。我雖然心中有數但裝作看不見，直到他鄰座的同學發現他在哭，並遞上紙巾，我便停下來問：

「Nicholas，發生甚麼事？」

Nicholas 知道我終於注意到他，便忍不住哇啦哇啦地放聲大哭，然後抽搐著說：

「對⋯⋯不⋯⋯起⋯⋯Ms Yu。」他好不容易才說完幾個字。

看見 Nicholas 淒涼的樣子，我的鼻子酸了一下。

「其實剛才是你先出手打同學，其實你剛才在說謊，對不對？」我平心靜氣地問。

Nicholas 點頭，然後把頭垂得更低。

「剛才那五分鐘，心裡覺得好難受，對不對？」

這次他用力點了幾下頭，再用力擦眼睛。我再給他機會向女同學道歉，畢竟那不是嚴重的衝突，Victoria 立即表示已原諒他。Nicholas 這倔強的孩子終於釋懷了。

這一課千金難求，我替有份目睹事情發生經過的孩子高興，於是轉向全班說：

「所以我剛才都説 Nicholas 其實是個好孩子。他犯錯了，雖然錯過了第一次認錯的機會，但其後他的心裡會有一把聲音，悄悄叫他應該誠實認錯，那便是我們都有的良心呢。你們慢慢長大，一定會遇上一些更複雜的問題、一些可能連大人也不能肯定告訴你是對或錯的狀況，屆時你們也可以像 Nicholas 般，先撫心自問。那顆良心便會告訴你應該怎樣做。」

孩子未必完全明白，但自從那件事之後，每當我説一句「請撫心自問」（Please search your heart）的時候，孩子都會若有所思，好像記起些甚麼似的。

有人會對「良心」嗤之以鼻，覺得談良知很老套，但是教育根本就是潮不起的行業，它不能隨波逐流，更不能盲目跟著當下局勢朝令夕改。不把這些老套的做人基本原則掛在口邊，人容易被名利勝負等事蒙蔽，忘記了教育終極目標，其實並不是要為下一代建立事業，而是去成就人業。所以能夠為孩子好好保存那份良知，比任何事情都來得重要。若果心肝被外在的事掏空了，長大後即使記得何謂撫心自問，摸下去只會找到一個再不能被填滿的空洞。

3.4 不速之客

有次帶孩子從音樂室返回班房。一踏進班房，只見一隻小麻雀在課室裡飛來飛去，顯然迷路了。孩子們都被亂飛亂撞的小鳥嚇驚，一秒後陷入混亂狀態，大叫的大叫、逃跑的逃跑、躲避的躲避，瀕臨失控邊緣。

此時，小小的麻雀大概比孩子更害怕，牠飛身撞向窗戶幾次希望逃脫，可惜因為窗戶都緊閉著而失敗。我見狀便隨即大聲呼籲：

「孩子啊！我們正在嚇怕小鳥！所有人立刻坐下，讓我處理！」

孩子見我板起面孔便立刻肅靜，以最快的時間返回座位。我一邊將課室的窗戶逐一打開，一邊訓話：

「小鳥明顯在我們的課室迷路了，牠正在努力找出路，請問牠有傷害大家嗎？」

「沒有⋯⋯」孩子們開始為自己剛才失控的行為顯得慚愧，搖頭回應。

「的確如此。所以我相信牠不應該得到剛才的對待。試想想，如果有天你在森林裡迷路了，周圍的動物都同時向你尖叫，你會有甚麼感覺？」

「害怕⋯⋯」一提到森林，孩子總能一秒代入角色。

這時候，小麻雀悄悄飛往吊在天花板的風扇後躲起來，我便乘機說：

「這正是小鳥現在的感受。你們看,牠害怕得躲起來,不想再飛了。你們說怎辦?」

孩子們都內疚地垂下頭,默不作聲。

小息的鐘聲剛好在這時響起。

「我剛剛已經將課室的所有窗戶打開,希望小鳥的心情放鬆後,便會再次飛翔,找到回家的路。我希望大家在小息的時候繼續留意著,不要再令牠受驚。做得到嗎?」

「做得到。」孩子們點頭承諾。

「各位同學再見。」我刻意將聲量壓低。

「再見,Ms Yu。」孩子們也跟著輕聲回應。

然後每位孩子都顯得小心翼翼,躡手躡腳前往拿取水壺及食物盒準備小息,也不時望向天花板。

此時有位傻孩子走過來在我耳邊說:

「Ms Yu,其實我懂得如何跟鳥兒說話,或許我可以勸牠飛下來。」

「好,你試試看,但謹記要放輕聲音,不要再驚動小鳥啊!」聽他這麼窩心一說,我的表情也變得寬容了。

於是他走過去小鳥的位置,輕輕地吹起口哨來。有幾位同學見狀,便加入幫忙。幾個孩子一同向著天花板認真地模仿鳥兒吱吱叫,場面既惹笑又感人。

感謝這隻不速之客光臨，跟大家上了「惻隱之心」這一課。能夠將心比己，實在是種需要修練得來的高尚情操呢！

3.5 | 練習不憎恨

曾經教過一位十分固執的一年級女孩，她因為情緒控制還未掌握得好，所以容易動怒。每次發怒，她都會不問因由地將怒火發洩在身邊所有人和事上。

記得有一次，我正在講故事。說得興起之際，這位女孩突然插嘴說要上洗手間。我請她等兩分鐘，待我說完便可以去。可能她的心情原本就不好，被我這樣阻攔一下，怒火突然爆發，隨即將雙手繞起來，然後用敵視的眼神看著我，大聲說：

「我是全世界最倒霉的女孩！我永遠都不能做自己想做的事情！我憎恨 Ms Yu！我憎恨這班！我憎恨全世界！我直到死也不會上洗手間了！」怒氣噴發完畢，她便隨即伏在桌子上啜泣。

班上其他孩子被突如其來的誇張舉動嚇了一跳，心也散了。我知道原本的故事已經說不下去，於是便轉個話題：

「孩子啊，告訴你們一個秘密，Ms Yu 正在嘗試一項不可能的任務。你們想知道是甚麼嗎？」通常只要說話誇張一點，便能令孩子的專注力大致回歸。

「是甚麼？是飛上天空嗎？」有孩子問。

「哈哈，才不是呢！其實我正在練習以後都不再說『憎恨』這兩個字。」我笑著回答。

「吓？為甚麼？」孩子不明白我想說甚麼。

「當我生氣的時候，有時我會說『我好憎 XX！』班上有誰也曾

經這樣説過?」

孩子誠實,大部分都把手舉起。

「我的妹妹也會這樣説!」分享別人的短處從來都比較安全。

「真的嗎?她如何説?」我問。

「我們一起玩耍的時候,她不知為何會突然生氣,然後説很憎我。」説罷她聳一聳肩。

「原來如此。孩子,我們通常會在生氣時説出『憎恨』這兩個字,你們同意嗎?」

他們想了想,然後點頭表示同意

「現在請看看我這張憤怒的臉。」孩子立刻注視我正在假裝生氣的臉,「當我説『我!好!憎!』的時候,我的樣子有沒有變得更生氣?」

「啊～有啊!你變得更生氣呢!」也許這是他們平時沒有留意的細節,所以他們嘖嘖稱奇。

「你的眉頭皺得更緊。」還有位觀察仔細的孩子補充説。

「對呢!其實當我們生氣的時候,到底希望自己變得更生氣,還是變得沒那麼生氣呢?」我問。

「沒那麼生氣。」孩子理所當然地答。

「那既然『憎恨』這兩個字原來會使自己更生氣,説『憎恨』是明智的選擇嗎?」

「當然不是！」不少孩子開始意會到我接下來要說甚麼。

「你們似乎明白了！當然，要做得到比我們想像中困難得多，因為當人生氣的時候，有時是會失控地將憤怒變成仇恨。而仇恨的感覺會比生氣的感覺逗留在心裡更久，令難過持續下去。Ms Yu雖然已經是個大人，也還在練習啊！」

「要練習到死那天嗎？」總會有想得很遠的孩子。

「哈哈，希望不會吧？我可以邀請你們跟我一起練習嗎？我們一起嘗試在生氣時不讓自己更生氣，好嗎？」

大部分孩子都點點頭。伏在桌上的那位女孩雖然沒有即時軟化，但啜泣聲早就止住了，因為她其實一直在聽。

即使面對不公義的荒謬事情，我們可以有一百個憤怒的理由，卻要盡力遏止仇恨在心中滋生。因為憤怒與仇恨的感覺通常只有一線之差，但它們在人心割下那傷痕的深度卻有天淵之別。

3.6 | 慢慢來

某天抵達一位九歲學生的家上課，等了良久，她才從睡房一邊哭一邊走出來，原來她剛才跟媽媽通過電話。

「嗚嗚嗚⋯⋯」她腫著眼睛走到我身旁。

「為甚麼哭？」

「媽媽剛才在電話裡罵我⋯⋯嗚嗚嗚⋯⋯」

「媽媽為甚麼罵你呢？」在開解她之前，總要問清楚原因。

「嗚嗚嗚⋯⋯我答應過她會在上課前完成功課，可是我剛才顧著玩耍⋯⋯現在⋯⋯還～未～做～完～哇哇哇⋯⋯」她悲從中來，開始放聲大哭。

「啊，這樣食言真的不太好。媽媽生氣也是可以理解的，但只要你待她回來後跟她好好道歉，她還是會原諒你的。」我嘗試安撫她。

「我不是怕她不原諒我⋯⋯剛才我的腦袋原本叫自己做功課的，但不知為何，我偏要去玩耍⋯⋯才玩了一會，你就來了⋯⋯我控制不了自己的雙手啊！」

說罷，她隨即用力捏了自己的手背一下。

我看在眼裡，心裡一酸。明白了，原來不是怕被責罵，而是對自己感到失望。慎防她再弄痛自己，我先捉緊她雙手。

「明白了，意思是腦袋知道怎樣做，但雙手不知為何做不到，所以對自己很失望，對不對？」我先確認一下她的感受。

「對，就是這樣！我試了很多次也改不了，應該一生都不會做得到……嗚嗚嗚……」她哭得像世界末日來臨的樣子。

「你知道嗎？其實無論是孩子還是大人，許多事都不會一步到位的，所以要容許每件事情慢慢進步。譬如說，你今天在三十分鐘的功課時間玩足整整三十分鐘，下次你便嘗試叫自己玩二十五分鐘，做功課五分鐘。再下一次便玩二十分鐘，做十分鐘功課；然後是玩耍十五分鐘、功課十五分鐘，如此類推。每天都努力試，最後一定會做得到。」

面對情緒不穩的孩子，我總會將要說的話拖慢來說，看似累贅多餘的說話可以給他們一點緩衝的時間，如果內容需要他們動腦筋，他們心情會更容易平復下來。果然，眼看她忙著心算，眼淚終於止住了。

「即是試六次便做得到？」她算出答案了。

「不是呢。有些事情未必會順利發展，中間會有退步的時候，甚至要從頭來過，但你無需因為一次退步或做不到而生自己的氣。只要你的腦袋知道需要進步，最後一定會做到。爸爸媽媽和老師們都會一直等到你做到為止，替你打氣。」

「到時你們會否已經死了？」她眼睛轉一轉，淘氣地問一句。

我笑了，她似乎也意會到我為何在笑，也笑了。

3.7 十二歲的心情

有一位今年十二歲的學生，從五歲開始便跟我單對單上聲樂課。記得她年紀還小的時候十分敏感，擁有一顆玻璃心。有時候我說話一不小心觸動她的神經，她便會坐在地上委屈地哭。每次上完課，我都有種打完仗的感覺。

年復年，多得她父母的體諒，明白建立信任有時候需要極長的時間，所以沒有放棄。如是者七年過去了，當年那位愛哭的豆丁，如今已經是一位比我高兩吋的少女。我倆的師生關係進入了收成期，現在無所不談。

幾個月前，我們為聲樂考試準備，她在無伴奏下唱了一首歌，因為唱得比平時動人，於是我直接稱讚說：

「做得十分好。有幾句特別感動我。」

「其實我想問……到底甚麼是感動？為甚麼我似乎從來沒有被一首歌感動過？」現代孩子長得高大，所以令人容易忘記其實他們的內心還是個小孩，有些感情還未分辨清楚。

「啊，感動是一種比較深層的情感。通常人的閱歷多了，便會開始明白被感動是怎樣的一回事，那是一種美好的感覺。」我嘗試慢慢解釋。

「我兩天前唱了這首歌給我的另一位老師聽，她聽完竟然哭了，然後她也告訴我覺得很感動。我不太明白，她哭難道不是因為傷感嗎？」她顯得有點擔心。

「其實除了開心、傷感、憤怒等較淺層的情感，世上還有數不清

的感受呢！換個角度看，我問你，如果你某天放學回家好想食雪糕，媽媽在你一踏進門口就給你一支甜筒，你會有甚麼感覺？」

「開心？」

「嗯。那當你唱完一首歌，知道自己沒有任何犯錯，做得比平時更好，老師也稱讚你，你又會有甚麼感覺？」

「嗯⋯⋯也是開心？」

「沒錯。那麼，跟可以食雪糕的那種開心是一樣的嗎？」

「不一樣。完全不一樣！」她瞪大眼睛，好像發現了甚麼似的。

「那種感覺，你剛才說是開心，也有人稱之為『滿足』，那是更準確的感覺。『感動』就是開心與悲傷之外、另一層次的情緒，可以令人笑、令人哭。」

「噢，年紀愈大便會自然認識更多感覺嗎？」

「會啊，你快要踏入少年期，會突然遇上很多你從未經歷過的情緒。到時你會因為未知如何形容這些新感覺而渾身不自在。雖然這樣，但不用怪責自己，更不用害怕，因為那是每個人成長的必經階段。屆時你可以問一下大人，我們應該可以告訴你那種情緒的名字，你便會覺得好過一點。可是無論是好或壞的感受，也需要你個人親身體驗過，才會真正明白到底是甚麼一回事。每駕馭到一種情緒，人便會長大一點。」

「全部都能駕馭便會變成大人嗎？」

「哈哈，也可以這樣說。」

少女聽得入神，在明白與不明白之間，好像已經長大了一點點。

3.8 | 不過長大

有一位十五歲的學生，正在準備八級聲樂考試。

考試前三個月，大家都希望修正一種技巧，可惜她屢試屢敗，突破不了。好幾次試過做到一點，到下一堂卻打回原形，令她覺得十分氣餒。學音樂的路上，這種瓶頸常常出現，身為過來人，雖然感同身受，卻不能即時助她一步解困。

某天，個性頑強的她在試了五、六次後終於投降，強顏歡笑地說：「應該做不到了，可以放棄嗎？」

「可以。我看得出你十分努力，或許我們還需要多點時間。不如你喝一口水，我告訴你一位舊學生的經驗。」

認輸的滋味不好受，她可以花點時間沉澱一下。

===================

這位舊學生已經二十多歲，到現在也偶有聯絡。她從小四開始跟我上課，是位很有天分的女孩，飆高音最強。別人要戰戰兢兢地唱的音調，她不費吹灰之力便能用一躍而上的姿態唱得清脆動人。

到她升上中一，聲音開始轉變。有一天，我們如常開聲，不知怎地，明明狀態正常，但到她唱高音時，感覺十分勉強。我應她要求多試幾次，的確跟平時的落差很大。她愈試愈急，一下子哭了出來。那種愛莫能助的感覺湧上心頭，我只能稍作開解。

「哭是因為不明白自己為何突然退步了嗎？」我問。

「對。」她傷心地用雙手掩住眼睛，卻制止不了眼淚不住流淌。

「知道嗎？其實你並沒有退步。突然做不到，其實是因為你長大了一點，身體起了一些變化。由於未適應得到，所以一些從前輕而易舉的技巧，現在做起來會比較吃力，甚至做不到。老師以前也經歷過這種感覺，的確很難受呢。」

「會永遠再唱不到嗎？」成長不是容易被接受的事情，她的擔心有理。

「會。如果你堅持用舊方法唱，就有可能以後都唱不到，所以你首先要接受自己其實正在長大，每天身體都在變，聲音亦然，會變得好不穩定。做得不好，不是因為退步了，而是因為你處於成長階段的變化中，所以不用自責。老師會跟你一起找新的方法應變，每個跟技巧有關的問題，可能會有十個解決方法，你要慢慢學會從中選擇一個最適合自己的，這種能力叫自我修正，是比任何技巧都來得重要的能力。畢竟老師不會一輩子待在你身邊替你作主的。」

「是否長大了之後就自然學會？」她的腦袋轉了一轉，眼淚也止住了。

「你可以這樣說，中間當然要努力學。不如你喝一口水我們才繼續。」

==================

十五歲的少女聽完這位舊生的故事後，提議再多試幾次，可惜依然未能成功。可是她的心情明顯輕鬆了，大概是因為她想通了，沒有再自責，並為意到自己不過正在長大而已。

第四課：勇氣

就是我在公園跑步時跌倒，
我沒有哭，自己起來繼續跑。
| Nicole Yau，4 歲 |

就是《聖經》的但以理囉！是我的名字。
| Daniel Lee，5 歲 |

面對自己做不到的事、接受自己不是完美。
| Sophie Lee，7 歲 |

有勇氣的人能做一些其他人不敢做的事情，例如未經老師許可前往教員室，又或者玩滑浪飛船和過山車。可以玩耍，勇氣便自然出現。
| Aidan Chan，8 歲 |

在媽媽多番要求下，我終於鼓起勇氣，答應她去接受牙齒矯正，其實我心裡還是很害怕呢！
| Marcus Leung，8 歲 |

Courage is about standing up for yourself and being able to speak out your suggestions, say it out loud and have your own ideas. You don't need to fit in but you need to stand up for yourself.

（勇氣是捍衛自己的想法，同時大聲說出來，而不需要迎合他人。）
| Lily Ho，10 歲 |

4.1 | 熊人來了

有一個一年級孩子都愛玩的遊戲,背景是當他們在森林唱歌跳舞時,大熊人來了。要是他們立即拔足逃跑,熊人一定能追上來,扮死是唯一選擇。於是每次音樂一停,孩子便要立刻倒在地上閉上眼睛扮死。

這遊戲進行了幾次後,有次孩子問我:

「Ms Yu,我們一定要死在地上嗎?」

我想想,覺得他有道理,於是便修改規則一下:

「其實除了扮死,你們也可以扮演森林裡的物件,譬如石頭、樹木、雕像等等。只要你們一動不動,熊人便不會把你捉來當晚餐。」

孩子一聽到新規則即時眼前一亮,終於等到可以發揮無窮創意的時候了!

音樂再響起,他們拉著同學的手跳舞唱歌,非常興奮。音樂一停,大家隨即停下來擺出不同姿勢。這次,有孩子依然選擇倒在地上扮死,也有孩子舉起雙手閉眼站立,有人把雙手張開單腳企,又有人抱著頭蹲在地上,也有孩子不知怎地跟好朋友扭作一團。

看見眼前景象,我忍俊不禁,走進「森林」逐一訪問不動如山的孩子:

「你好,請問你是甚麼?」

「我是花。」

「我是士兵雕像。」

「我是樹。」

「我們是塊怪石頭。」

「我……我不知道我是甚麼…」班中老是有幾個擺了個奇特姿勢，卻其實沒想過自己在做甚麼的孩子。

「我覺得你是松鼠……還是老鼠呢？」我打量了他一下便說。

「嘻嘻，可能他是米奇老鼠。」有位淘氣的孩子腦筋轉得快，回敬我一句。全班聽到登時咯咯大笑。

我見狀即時用力吸一口氣，突然緊張地大叫：

「不好了！熊人看見你們在笑，要捉你們喇～～～～」

全班驚呼了一下又立即閉上嘴巴，全身僵硬起來。有膽小的孩子更被嚇得不敢張開眼睛。

孩子玩遊戲的時候總是最認真、最投入的。

我看著每個擺出不同姿勢的孩子，驚嘆他們是多麼的不一樣啊！

大人們應該一直被那套一式一樣的校服誤導了，以為他們是一式一樣的孩子，都在追求一式一樣的東西。於是，當他們不及別人乖巧、不及別人懂事、不及別人認真的時候，我們這些糟糕的大人便會想盡辦法去令他們變成「及得上」，起碼要跟別人一模一樣，卻懵然不知一句「不及別人」令我們成為慢性殺掉孩子那份

與別不同的幫兇。

當制度不斷催促孩子達成「比得上」及「比別人好」這等目標的時候，有誰又會留意到我們不過正在為社會製造一件複製品？製成品的確美輪美奐，可是說到底都只是件複製品。為討好社會及制度去犧牲孩子原來的模樣，值得嗎？

將責任推給手無寸鐵的孩子如此便利，令父母不再願意自問為何不能給自己的孩子多一點包容及體諒。與其以標籤孩子去掩蓋自己的無能，不如好好解讀他們的動靜、聆聽他們零碎的說話、擦亮眼睛去欣賞他們的與別不同。

有想過為何孩子的眼睛總是特別閃、特別亮嗎？那是因為他們時刻都扛著一份認為自己與人不同的驕傲與自信，令他們覺得甚麼也可能。這種原始的自信就像鑽石的原型般奇形怪狀三尖八角，所以需要的是悉心琢磨，而不是直接摧毀。

如果我們都能夠協助孩子好好保存這份獨特性，它一定會轉化為孩子長大後繼續在世上發光發亮的燃料。反之，如果我們一味堅持己見地打壓，他們未及成年便會被淹沒於灰塵之中，變得黯淡無光。

看著一個個安靜地等待熊人經過的孩子，我暗暗希望他們有一天會發現，其實做樹做花抑或做米奇老鼠都不要緊，只要他們長大後，能記得自己在童年遊戲時曾經如何義無反顧地忠於自己所求所想便已足夠了。

4.2 | 鬼故

每逢萬聖節，我都會跟一年級的孩子説一個鬼故。

我會事先張揚故事十分嚇人，然後邀請大膽的坐在我跟前，自覺膽小的可待在課室後方。一班孩子立刻緊張起來，吱吱喳喳像螞蟻般走來走去，總要用上一、兩分鐘才選定位置坐下，然後有人扭作一團，有人眯起眼睛，也有人按著耳朵不敢聽。

當我把燈關掉，立即傳來一陣尖叫聲——孩子任何時候都能瞬間入戲！

「Ms Yu，知道嗎？我很勇敢！我甚麼都不怕！」有孩子自信滿滿地説。

「我也是！有次我見到鯊魚！我也不害怕！」總有人不認輸回應。

「啊～～～～我好害怕！」課室後方傳來尖細的聲音，只見幾個女孩扭作一團互相安慰。

接著又是一輪有關比拼誰害怕誰不害怕的辯論。

吱吱喳喳吱吱喳喳吱吱喳喳吱吱喳喳。

好了，終於等到各位影帝影后抒發完畢，我便將聲浪收到最細，開始説故事⋯⋯

Once upon a time on Halloween night, there's a house with no light on.

In the dark dark house, there's a dark dark room.

In the dark dark room, there's a dark dark closet.

In the dark dark closet, there's a dark dark drawer.

In the dark dark drawer, there's a dark dark box.

In the dark dark box, there's a GHOST!!!

讀到「Ghost」一字時，我突然把聲音加大，所有孩子都嚇了一跳。半秒後，他們明白發生甚麼事便一起拍手大笑，然後一致地大叫：

「再說一次！再說一次！再說一次！」

我看見他們雀躍的樣子也樂透了，便對他們說：

「嘻嘻！我嚇了你們一跳呢！但你們真的很勇敢啊！」

「我早就告訴你！我們都很勇敢！」剛才自誇勇敢的男孩顯得更自信。

「對！我們其實一點也不害怕！」說自己不怕鯊魚那位女孩隨即附和。

這次他們說的是「我們」，不再是「我」。

孩子天生自我中心，所以特別需要這種從「我」到「我們」的訓練。每當他們坐在課室的書桌前，通常會以「我」為出發點，但當他們席地貼著同學的膝蓋而坐的時候，有時會把「我」說成「我們」。

所以每次上課，我都要求他們離開那張給大家無限安全感的椅子去找個朋友，然後望進彼此的眼睛微笑，拍拍對方的手，感受大

家其實在一起。

一起笑、一起跳、一起被讚賞、一起受罰、一起道歉、一起變勇敢，這些記憶最寶貴，能令人明白自己其實並不孤單。

一年級的孩子每次離開座位時，依然會陷入一輪小混亂，少不免會有一些輕微碰撞及投訴，但我向來少有介入，通常就站著看他們亂一陣。多年來，沒有一班孩子曾令我失望。三十隻吱吱喳喳的小螞蟻總有辦法在混亂中找到秩序，最後都能夠安靜下來。

世界本來就混亂，而混亂其實沒有甚麼好怕。最重要的是學會能夠在亂世中，找到自己在「我們」中的位置和自我心中的平靜。

4.3 | 來自中東的搖籃曲

很多孩子都喜歡把所有事情問到底。他們會在老師說完故事和分享資訊時猛問:「為甚麼?」他們記性也特別好,老師回應時,總得小心翼翼,把最準確的告訴孩子。

曾經為孩子選播了一首來自阿塞拜疆的搖籃曲。阿塞拜疆位於中東一帶,與伊朗及土耳其等國為鄰。孩子對於這地帶的文化認知應該十分有限。你可能好奇為甚麼選阿塞拜疆?無他,只是習慣在西洋音樂主導的課程裡,為學生播放一些不太耳熟能詳的曲目,擴闊彼此視野。音樂世界之大,沒有何處不可。

無論聽說世界如何分裂,有些東西卻不約而同地存在於世界上所有已知的族群裡,例如藝術、數字概念、節日慶典等。人類學裡,有學者稱這一系列的項目為「普世人性」(Human Universals)。這些事物及概念亦道出人類與其他生物不同之處;某程度上,這些獨特的共通點可以把人類連在一起。要理解自己跟別人有何不一樣的同時,我們也要明白彼此的相同之處,兩種概念相輔相成,便是認識世界的起點。

伴隨這首搖籃曲的,是一齣漂亮的動畫,觀賞度高。搖籃曲的旋律絕對跟我們聽慣的音樂有點不同,但八、九歲的孩子大部分都說喜歡。播放結束後,他們開始發問,然後我發覺孩子們留意的都是我沒有在意過的畫面。「動畫裡的女孩子頭上怎麼都包著布?」「人們為甚麼要在地上跪拜?」又有孩子留意到動畫裡的孩子都沒有上學,長大後會當上牧羊人。

「在一些發展中國家,不是所有孩子都有機會上學,尤其是女孩子。」

「為甚麼?」

「女孩子的地位較卑微,她們可能十來歲便要結婚生子——那是她們的職責。女性常常都要包著身體,因為有些國家的法律和宗教不容許女性暴露身體,而不遵守法律的女性會受懲罰。」

「為甚麼?」

「在我們眼中,那可能是比較過時的法律。譬如說在中東某一些國家,人民沒有選擇伴侶的權利,婚姻都是父母之命。就像從前的中國,我的祖父母年代也是盲婚啞嫁的。有些國家廢除了過時的律法,有些國家仍在原地踏步。」

「為甚麼?」

孩子啊,其實全世界的人都在問這問題。我們生在先進的城市,覺得自由戀愛、免費教育和自身安全等是理所當然的事情,但是世界上其實還有很多不及我們幸運的人。對他們來說,生在一個不公平、沒自由、沒文明的動盪社會才是現實。

「那是因為世界不是一個公平的地方。」我只好如實作答。

「為甚麼?」

這次我答不上了,只有跟他們說:

「我也不知道答案。孩子,許多事情雖然今天不能立刻找到答案,但只要我們好好把每天學會來的新知識記住,然後繼續去思考發問,總有一天能找到答案和改變世界。」

孩子會不斷的發問完完全全是因為他們在意並有同理心,會替素未謀面的陌生人覺得不值。孩子今天的力量雖小,但無疑未來的

世界屬於他們，所以不要看輕他們問的每一個疑問。只要他們願意為一個自己問過的「為甚麼」尋根究底，未來的世界一定會比今天的美好。

4.4 被獵殺的獅子王

每年都會教孩子一首來自非洲津巴布韋的童謠。我對這國家認識不深，卻記得一則轟動一時的新聞，於是跟孩子分享。

某年夏天，有位來自美國的牙醫前往津巴布韋打獵。他給了當地導遊五萬美元，指名要獵殺獅子。

「Ms Yu，甚麼是打獵？」有孩子問。

「啊，打獵是一種歷史悠久的運動，獵人仿效古時的狩獵者走進森林，用弓箭或槍射擊動物，他們會因為能夠擊倒移動中的鳥獸而找到成功感。」

孩子皺一皺眉，不明白為何傷害動物會是一種運動。於是我補充：

「生在城市，打獵並不是一項普及的活動，但這的確是世界上某些人的興趣。尤其在古代，能夠成功獵殺動物，是勇氣與能力的表現。這當然跟現代不同。」

牙醫最後得償所願，在一個國家公園內，用弓箭將一頭雄獅射殺。誰知被殺的並不是一般的獅子，而是津巴布韋境內一隻深受愛戴的明星獅子，名字叫 Cecil。對於 Cecil 被殺，津國人民感到十分憤怒，事件更引來國際媒體廣泛報道，大家都希望為 Cecil 取回公道。最後，牙醫因為有狩獵許可證，所以不用負上刑責，但被勒令以後不准以獵人身份踏足津巴布韋。

做錯事便要承受後果，是六歲孩子早就明白的道理，所以大致上對事件的結局感到滿意。話雖如此，班房仍然瀰漫著一股沉重的氣氛。

「我很憎那個牙醫。」有孩子說。

「我也是，他射殺獅子是不對的。」坐在鄰桌的同學附和。

「對，用槍射殺獅子不是勇敢，是殘忍。」有時孩子總能一語中的。

「啊。原來如此。事實上，有很多人得悉這件事之後，都有同樣的感受呢！」我說。

「Ms Yu，你也很憎那位牙醫嗎？」

「嗯……我沒有憎恨他，只覺得他做的事情不對，所以很生氣。但既然他最後受到制裁，我便不再生氣了。憎恨一個人其實不是一件很聰明的事，因為仇恨會反過來刺痛自己的心。憤怒是可以的，但我希望大家提醒自己，不要常說憎這樣憎那樣，因為到頭來，難受的會是自己。」

聽我這麼一說，剛才那位首先發言的孩子改口說：「噢，我的意思是那位牙醫令我很生氣。」

神奇地，剛才瀰漫在班房的那股悶氣瞬間消失了，大家又繼續笑眯眯。

4.5 | 是蝶也是蜂

遇上好時機，我會跟孩子分享有關拳王阿里的故事。

這位能夠在職業生涯裡創下「五十六勝：五負」佳績的重量級傳奇人物告訴大家，勝利並非只因為他的無畏無懼，也來自他自知自重的智慧。為阿里打出名堂的一役，是 1964 年他在邁亞密挑戰當時重量級拳王 Sonny Liston 的賽事。

賽前完全不被看好的年輕拳手阿里，跟拳王激戰了足足六個回合，在第七節開賽鈴聲響起後，Liston 並沒有如時出場，更表示投降。裁判正式宣佈阿里技術性擊倒 Liston，成為新一代拳王。

阿里不只是一個拳手，也是一位智慧型運動家。能夠長勝並非單憑雙拳的力量，他還擅長心理戰。在每場賽事之前，阿里都會花很多時間去研究對手的性格與心理，務求做到知己知彼。站在擂台上，他也擅長用言語的威力來挫對手的銳氣、長自己威風。

其中最令人津津樂道的有這句：

> *I'm going to float like a butterfly and sting like a bee -*
> *his hands can't hit what his eyes can't see.*

> *（我會如蝴蝶般飛舞、像蜜蜂般螫刺——*
> *他的手並不能擊倒眼看不見的東西。）*

的確，能夠真正令人懾服的往往不是外觀上的威嚇，而是從心而發的那些説不出口、觸不到、看不見的東西。

當一個身高六呎三吋、體重逾二百磅的健碩拳手用蝴蝶與蜜蜂來

形容自己，那種反差絕對會令人停一停、想一想。他的致勝之道是要殺對手一個措手不及，在關鍵時刻揮出得分的一拳。

一個對生命有擔戴的人，大概不會希望自己一輩子做隻空有外表的蝴蝶，但同一時間，也沒有人能時刻衝刺突擊當蜜蜂。

這一課真的不容易，但如果能夠擁有時而像蝶、時而像蜂的智慧和承擔，就算不能如阿里般長戰長勝，也必定能從人生路上得著更多。

4.6 | 海星

某天，一個平時在課堂上唱歌會手舞足蹈的男孩，在同學唱詠時托著腮、苦著臉。上課途中我準備播放卡通片，眼見他皺著眉，呼吸變得急速，眼淚好像快要掉下來的樣子。他一向比較敏感，不喜歡突如其來的關注，於是我問了全班一句：

「有沒有人需要在播放卡通前上一次洗手間？」

孩子通通搖頭，而那紅著眼的男孩則沒有反應。卡通片主角滑稽，引得孩子們哈哈大笑，男孩的心情似乎也平復了一點。

小息鐘聲一響，我們說罷再見，男孩便箭步衝出課室。明明不想說話，也跟我鞠躬說再見；明明上課時多想哭，都撐到下課。真是個倔強卻善良的孩子。

我特意在走廊上等他，他回來時見到我顯得有點詫異，然後好奇地問：

「咦？ Ms Yu，為甚麼你還在這裏？」

「噢，我剛剛要收拾一點東西。」

「那你現在要往哪裏去？」

「我正要返回教員室。啊，我覺得剛才你好像有點不開心。」

「沒有啊！」他強擠出一個微笑。

「可以告訴我為甚麼嗎？」

「是秘密！」

「噢，我明白了。好多不開心的事情通常都是秘密呢！我知道是因為我有時也會不開心。通常不開心的事情都跟讀書啊、家庭啊、朋友等有關，你的不開心事關於甚麼啊？」

「關於家庭。」

「原來如此，你想跟我分享一下嗎？」

「是秘密！」

他為自己能夠保守這個「秘密」而偷笑，眼見他的心情已在三言兩語間放輕鬆，也想到我每週只見孩子們兩次，未必是他們最信任的老師，不肯跟我分享也不足為奇，所以便不再追問下去。然後我找他的班主任，把所知的告之，拜託她跟進一下。

孩子擁有真正的玻璃心，當這顆心特別脆弱的時候，大人都要小心翼翼地保護它。要修補那些令人心裡隱隱作痛的裂痕，通常不能只靠一人之力。一路走來，成長在每個人的身心劃下各式各樣的傷口，我們能夠痊癒、強化，全賴來自各方注入的一點點關懷與愛。一個人可以提供的愛多麼微不足道，容易令人妄自菲薄，但如果我們本著「一個都不能少」的信念，積少成多，那股力量絕對可以治癒不同的創傷。

說愛很老套，但最有效。

===================

有聽過那個有關少年拯救海星的故事嗎？一對情侶在沙灘上漫步，沙灘上佈滿因潮汐被沖上海岸的海星。他們不以為然繼續走，走到半路，看見一位少年重複地彎腰拾海星，然後將海星逐顆拋

回大海。情侶好奇走近，問少年在做甚麼。少年說如果海星在沙灘上待上一晚，必死無疑，所以他打算將牠們送回海洋。

情侶望著沙灘上海星的數量，便笑說：

「怎麼可能！你看這裡有成千上萬的海星，就算你今晚不休息，也沒可能將所有海星拋回大海！算了吧！」

少年沒有怠慢，一邊拋海星，一邊回答說：

「我並非打算創造奇蹟，憑我一己之力，當然不可能清理全部海星，但如果我袖手旁觀，牠們全部都會在日出前死去。我能做多少便做多少，你們要不要幫忙？」

情侶覺得有道理，便開始彎腰把海星拾起，用力將牠們拋向大海。

==================

這種積少成多的眾人力量往往在最黑暗的時刻彰顯。身為眾人的一分子，我們都知道沙灘上每顆星星都無比珍貴，一顆都不能少。不要因為覺得垂死的海星比銀河星星還要多而氣餒絕望。感到無助無力時，眼光不用放得太遠，何不就先看看擱淺在自己腳邊的那顆海星，坐言起行，先送牠回大海吧！

4.7 | 滑板爺爺

一天前往學校途中，路經一個屋苑平台，小女孩踏著滑板在我身邊擦過。不消兩秒，她便熟練地停在離我不遠的伯伯面前。

「爺爺，滑板放你這裡！我去那邊！」說罷便箭步跑走了。

爺爺百無聊賴地伸腿輕輕踢了那塊冰藍色的滑板一下，又隨即煞停它。然後他嘗試單腳站在滑板上，平衡了一秒，晃了一晃，不行，便將鞋子踏回平地。

原來是位童心未泯的老爺爺！

我笑了，於是放慢腳步繼續注視。爺爺再接再厲，這次他右腳站在滑板上，平衡成功了。接著他將左腳在地面往後一撐，這次晃了兩晃，連我也生怕他要掉下來！幸好爺爺即時躍下，雙腳著地，有驚無險！

再試。這次爺爺平穩地將右腳踏在滑板上，左腳在地面一撐，滑板向前溜～～～了兩米！然後爺爺平穩著地！成功了！

我看著看著，心裡覺得好快樂，令我想起自己會在上課時，偶爾為孩子獻唱一些沒有十足把握唱得好的歌，表演過程中出現的小瑕疵會令我一臉尷尬。孩子見我出錯時，也會面露一笑，再繼續認真聽。

看著別人努力時犯錯的微笑，並非因為幸災樂禍，而是衷心地替對方勇於嘗試而高興。然後不知怎地，自己好像也獲得力量變得勇敢一點。

常説做人要勇於嘗試，並非單單為了替自己圓夢，因為那份勇氣會不經意地鼓勵身邊的人，至於那些一味嘲笑自己失敗的閒人則不用太在意。

人與人之間的聯繫其實少有驚天動地的場面，每個大大小小的夢想，往往是靠這些看似被過目即忘的一瞬間堆砌而成，就這樣他鼓勵我鼓勵你鼓勵別人，世界便前進了。

4.8 | 跟幼稚園孩子上人生課

我曾經在幼稚園和小學都任教過。在幼稚園的畢業禮上負責鋼琴伴奏時，躲在後台觀看孩子表演的我往往又笑又哭，心情好複雜。當老師的其實跟爸爸媽媽一樣，我們是多麼雀躍地看著他們逐點逐點長大，卻又捨不得他們大得太快。

望著一班一班我教過的小豆丁們在台上載歌載舞，然後一臉茫然地向台下鞠躬，我鼻子一酸，覺得全世界都應該向這些年紀的孩子學習。

曾經何時，我們都像那個向來「硬頸」的三歲男孩一樣，明明班上每個同學都在台上手拉手轉圈，他卻偏要堅持在台邊獨自扭屁股，引得台下發笑。與別不同和我行我素本來就無傷大雅，有時更會激發意想不到的創意，可是許多人最後寧願選擇妥協，被大隊牽著鼻子走。

曾幾何時，我們都像那個一邊走上台跳舞一邊哭著喊媽媽的小女孩，有勇氣承認自己害怕，不介意讓別人看見自己的不完美。不知甚麼原因，很多人在長大後都會誤將倔強當作堅強，將感覺埋在面具之下，練成一張不喜不怒不哀不樂的臉，最後變成一個沒有感覺、不知道自己是否還活著的人。

曾幾何時，我們都像畢業禮上，每一個無論做甚麼都全力以赴的幼稚園表演生，四肢笨拙卻盡力跳、五音不全也放聲唱，為的不是討好別人，只求活在當下。我們都曾經像孩子，會將個人的夢想排在大眾的期望之前。可是不知從何時開始，主導自己生命的，不再是自己的喜惡，而是別人的眼光與社會預設的死線。

在畢業禮裡常會聽到 *All I really need to know I learned in Kindergarten**。跟小孩相處久了，不得不同意此說法。有時我更會想，其實那些所謂孩子的特質根本是與生俱來的，幼稚園只不過是一個讓大家能將這些長處發揮出來的地方而已。可惜在幼稚園生涯完畢，那些特質看似再無立足之地；荒廢久了，更把天生的本領忘記得一乾二淨。

我看著六歲未滿的幼稚園畢業生們，似懂非懂地在台上領取畢業證書，然後對著台下靦覥地笑笑，再天真地對台下的爸媽揮揮手，他們似乎還未知道自己其實擁有動搖世界的能力呢！每年我都暗暗祈禱在畢業禮後，父母與師長會繼續替他們保存那顆赤子之心，好讓他們逐步發現這個驚天的秘密。

再想，我們每個人都不曾經是孩子、有著同樣的天賦嗎？只不過大家都被一些愚昧的想法與荒謬的制度磨蝕了原有的力量。

也許最後能夠在社會上獨當一面的人物，都是這個吃人制度下的倖存者。這些人沒有人云亦云、沒有漠視自己的感覺，更沒有一味忙著去達成別人設下來的目標，而放棄優先處理自己的理想。也許他們能夠優秀得起的原因，不過是謹守了那些年在幼稚園學回來的教誨而已。

* *All I need to know I learned in Kindergarten* 是 Robert Fulghum 的一本著作，於 1986 年出版。

第五課：自由

自由 是

自由就是自遊，隨時都可以去旅遊，
去不同的國家，看不同的事物。
| Daniel Lee，5 歲 |

自由是在涼風下踏單車，可以走到車子也走不到的
地方，也可以自己決定路線，每次探索不同的路徑。
| Hadrian Man，7 歲 |

我是一個喜歡自由自在的人。我覺得自由很重要，如果沒
有自由便會被人束縛，我不喜歡被人束縛。我覺得言論自
由很重要，如果沒有言論自由的話，便不能說話，會被限
制。被限制的感覺令我覺得不快樂。有自由，亦需要有自
律。如果只有自由卻不自律，這個世界會變得很混亂。
| 游子朗，9 歲 |

*Freedom is about not being forced by people to do something you don't
want to. It is when you can just express yourself and be free to do
anything you want and not be stopped by people.*

（自由是不要被別人強迫去做自己不喜歡的事。當你可
以不被阻止去表達自己和做任何想做的事，就是自由。）
| Lily Ho，10 歲 |

自由是在雲上跳，也是我和朋友一起玩。

| 鄧子瑜，7 歲 |

自由/鄧子瑜/Barbara/7age...!!!

那個時候我去很長的路。

5.1 | 起跑線這個邪教

「起跑線」這概念是個金剛箍，勒得許多人一生喘不過氣來。尤其身處追捧成王敗寇的社會，大家都認為及早起跑、衝得比別人快就是成功之道。

初生嬰兒才懂得轉身，父母便為「出賽權」蓄勢待發，為孩子入學作準備。去到一歲，開始行得穩，便得為入讀學前班作準備。到兩歲，剛剛才弄清楚誰叫爸爸、誰叫媽媽，便正式上學，獨自走進那個叫「課室」的地方跟那些叫「老師」及「同學」的陌生人共處。其實他們很害怕，所以每分每秒都想大哭大叫，但大家卻要求孩子要勇敢面對，又沒有人告訴自己到底「勇敢」是甚麼。

上幼稚園了，終於練成上學不哭的本領，開始投入學校生活，眼前原來又是另一條「起跑線」——為鋪排考小學的路，孩子在五歲前要練好十八般武藝，用一年半的時間，學會穿鞋著襪打繩結扭毛巾說早晨朗誦跳舞游泳認字拼音數數，大人都覺得孩子做到。

孩子不負所望，統統做到了，經過不到二千天的操練與栽培，身經百戰的他們終於變成一個行為與談吐得體老練的「小大人」，終於被心儀學校取錄，全家歡天喜地。

然後呢？

按照這進度，跟著「贏在起跑線」方程式長大的孩子，理應全部都會成為社會的尖子，但環顧四周，孩子卻愈大愈平庸，到他們長大後投身社會，能夠成為領袖的更是寥寥可數。到底是哪裡出錯了？

「起跑線」活像一個邪教，因為它能令信眾們在短時間內透支。當所有人都在跑，大家都誤以為自己正身處一場比賽，所以希望用盡辦法去超前別人，即使是「未學行先學走」也在所不惜，卻沒有為意，人之所以能提早達成某些目標，只不過是因為預支了一些未來的本錢而已。

可惜，當發現人生原來不是一場與他人的較量時，許多人已經覺得筋疲力竭，再提不起勁。說到底，「起跑線」根本就不存在，只是種心魔，也是某些沒安全感的人，為了自我感覺良好而幻想出來的假想敵。

如果硬要將人生比喻成一場賽事，它是一場馬拉松吧？槍聲一響，若果選擇以短跑速度完成首一百米賽事，沒錯能夠遙遙領先，可是餘下的路程只能眼巴巴看著別人爬頭，因為自己的精力早就耗盡了，不能再衝。屆時我們只能接受自己的平庸，或沉醉於那曾經領先的過去。這樣走到終點，甘心嗎？

如果不甘心，何不嘗試改變一下策略，重新用長跑的節奏跑馬拉松，放慢步速，認真地經歷人生的每一段。

在爭先恐後的氣氛裡，能夠保持步速，需要無比勇氣與堅持，途中學會不因墮後而失落，不因跌倒而放棄，才能在跑場上從容自在地抵達終點。

5.2 | 五歲孩子的自白

爸爸媽媽，還記得我剛出生的時候，你們心裡就只有一個願望，就是要我健康快樂地成長，說其他的都不強求了。我一直都把這願望放在心上：從我學爬、學走路到跑跑跳跳，我都付出了最大的努力。見到你們開懷地笑，我便知道，只要我慢慢地長大，你們便心滿意足！

到我一兩歲的時候，你們帶我上不同的遊戲班，讓我知道這世界上有藝術、運動，也有不同的語言及文化。我們一起上課、一起學習——那是多美好的時光！原來這世界是那樣多姿多彩，我真的恨不得趕快長大，把世上所有事情都學會，但你們沒有催促我，讓我自由自在地享受學習。

但不知從何時起，爸爸媽媽好像變了……

從前，我在跳舞班、體操班到處跑跑跳跳，你們總會微笑地凝望著我，所以我會為自己懂得攀高攀低而覺得驕傲。現在，即使我每個星期都要上爵士舞班，你們已經很少來看我了。記得有次你們來觀課，我跳得特別起勁。下課後，我興高采烈地跑到你們跟前問你們有否看見我轉圈轉得有多棒，你們的回應是：「都看到了，但是為甚麼你好像沒有跟著其他人一起跳？拍子有點亂。」那是因為我見你們來，特別表演剛學會的動作啊！你們從小都愛看我聞歌起舞，還會跟我一起跳。你們從來沒有介意過甚麼拍子，只會抱著我團團轉。為甚麼你們好像變挑剔了？但為了討好你們，我對你們承諾，我以後一定會緊緊跟著拍子跳，還要跳得與別人一模一樣。

不知怎地，跳舞突然變得不好玩了！

從前我多麼期待每星期的音樂班啊！因為可以跟其他朋友一起玩樂器和唱歌，我知道你們也樂在其中。你們說音樂是大夥兒的活動：有人喜歡奏樂器、有人喜歡唱歌、有人喜歡跳舞、有人喜歡聽音樂——媽媽說我甚麼都棒，可以成為音樂家！所以當我知道自己快要參加新的音樂班時，我滿心期待。終於有一天，你們帶我到了一處陌生的地方，那裡有一個個小小的房間，房間裡有一座鋼琴和一位老師，我踏進去後便再容不下你們了。你們明明說要帶我上音樂課，這是甚麼地方？可以放聲唱歌嗎？可以跳舞嗎？是不是你們搞錯了？你們明明告訴過我音樂是大夥兒的活動，我的朋友在哪裡？你們又要往哪去？

我既不願意又不明白，但為了討好你們，我唯有每星期乖乖走進那個像火柴盒般的房間學音樂。不過我願不願意其實都不再緊要了，因為我已經發現音樂其實一點也不好玩。

爸爸媽媽，你們還有好好保存我小時候畫的畫嗎？那時我不懂得畫畫，只會把顏料在畫紙上亂塗一番——我喜歡所有顏色，我知道我應該可以用色彩把全世界記錄下來！你們說我喜歡畫甚麼便畫甚麼，無論我的作品多亂七八糟，你們都會把它好好保存起來！近來，你們讓我上畫班，每次見到桌上的顏料，我都很期待把它們往紙上塗，但你們說我再不能亂塗 ，因為其他小朋友都會乖乖聽老師指示。

有次老師說，我們要用黃色與咖啡色來畫一隻長頸鹿送給爸爸。我記得爸爸最愛的顏色是藍色，所以我特地畫了一隻藍色的長頸鹿。我把長頸鹿帶回家貼在爸爸的枕頭邊。爸爸說：「寶貝，謝謝你！但你似乎沒有聽老師的話啊！長頸鹿不是藍色的。下次要好好跟著老師做，知不知道？」

爸爸媽媽，其實我懷疑自己是否已變成大人了？有時我很想畫一隻彩色的大笨象、想隨著音樂亂跳一番、想隨便唱一些傻傻的歌，

還可以嗎？可惜現在你們似乎不會再為亂七八糟的作品和行為而高興。你們放心，我以後一定會乖，並會如你們所願，變得和其他人一模一樣！

我一天一天長大，開始知道這個世界有很多我不明白的事，例如一件本來很好玩的事情為何會漸漸變成沒趣？為甚麼小時候你們常常稱讚我，現在卻總會加上「但是」兩個字？

你們當初明明說好了只要我健康快樂成長便夠，為甚麼我現在怎樣也做得不夠？

爸爸媽媽，為甚麼你們好像變了？

5.3 | 歐洲父母與香港父母

因為工作，我常會接觸到不同國籍的父母；從他們身上，我看到管教上的大不同。歐洲父母在意的事情通常是一般香港父母很少提起的，例如創意和環保；而一般香港父母最著緊的事情，他們有時連聽也聽不明白，例如起跑線與學前班。

十一歲的 Mia 跟我上課大概已經有五、六年了，她的爸爸是德國人，媽媽是西班牙人。記得 Mia 九歲時，我買了一包餅乾請她吃。她首先看看包裝紙背後的營養標籤。

「謝謝 Ms Yu，但這餅乾含棕櫚油，我不能吃。」她禮貌地婉拒。

「沒關係，但為甚麼不能吃？」我好奇一問。

「你不知道嗎？棕櫚油來自棕櫚樹，為了種植棕櫚樹來賺錢，人們會大量砍伐樹木，甚至把大範圍的熱帶雨林鏟平，令許多動物無家可歸，最終可能導致某些生物絕種，所以爸爸媽媽要我在吃東西前先看看成分，有棕櫚油的儘量不要吃。」

「原來如此！你爸爸媽媽說得對。我也聽說過在印尼和馬來西亞，毀林這種情況常有發生。」

「對，在南美洲也有。但 Ms Yu，你知道嗎？媽媽說如果我們都能購買原產地的農作物，農夫便能維持生計，不用為種棕櫚樹而大量砍伐樹木了。」

「那是甚麼意思呢？」我當然知道事情不是這樣簡單，但我想讓 Mia 說下去。

「譬如說，我們現在居住香港，我們便吃香港農夫種的蔬菜。從歐洲輸港的菜要經過繁複的運輸程序，當中涉及的碳排放其實是可以避免的——只要各人都只吃自己居住地種出來的農產品，農夫可以賺錢的同時，全球的碳排放亦可以減少。這不是很好嗎？」

聽罷我心底有一陣感動，如果「各人」都明白這些事，那當然很好。

「很好，Mia！我很慶幸你這個年紀便懂得愛護地球！」因為要上課的緣故，我不能跟 Mia 談得太久。

「地球是我們的，如果我們不保護它，到我們長大後便要自食其果了。」這句話來自九歲孩子的口中顯得特別有力。

與 Mia 的這番對話令我想起小時候有一段日子，爸爸特別著緊訓練我節約用水。那時的我有個壞習慣，就是在刷牙時把水龍頭長開，爸爸見一次罵一次：

「食水很珍貴，你知道世界上不是所有小朋友都像你般幸運，醒來便有乾淨的水洗臉漱口嗎？你不過在刷牙，有長開水喉的需要嗎？」

我每次乖乖關上水龍頭後，心裡都會嘀咕著：

「我現在把水龍頭關上，又不代表非洲的小朋友這一刻便立刻有乾淨食水。長開水喉又如何？」

長大了才明白，環保其實是一種意識；地球的生態環境當然不會因為我們關一晚燈、少用一點水或少吃一塊餅而瞬間改變，然而我們必須向孩子灌輸保護環境的觀念，因為這是一個能夠把自身與世界連在一起的課題。如果教養孩子的過程中只執著於眼前的果，他們長大後頂多只能在自己那狹小的家門前掃雪、耕種和收

割。長大後敢闖蕩世界的孩子，他們的心通常從小已經與世界連在一起，除了想探索它，更想保護它。

所謂國際視野，並不代表要周遊列國，知道巴黎鐵塔有多高、比薩斜塔有多斜或馬爾代夫的玻璃海如何澄澈，而是要明白我們都是世界的一分子，不是旁觀者，所以地球上一草一木山谷河川都屬於我們的。既然身為持分者，我們有權利去榨取與消耗，亦有對等的義務去保衛及修補，這是能夠活得自由自在的重要一步。

自由並非為所欲為，能夠在人類的權利與義務之間找到平衡，才能在生活裡找到真正的自在。

5.4 | 小作曲家

近來跟學生談起作曲，我告訴他們除了那些耳熟能詳的職業和工種，如教師與醫生，長大後也可以考慮當作曲家。事實上，孩子從小已經可以開始音樂創作，將作品與別人分享。

「但我們只不過是小孩子，根本無可能！」忘記哪個孩子突然說了一句。

「只不過是孩子？正因為你們還是孩子，所以一切都有可能！」我的反應有點大，因為孩子不應該這樣輕視自己。

於是我先放下教案，告訴他們一個「莫欺少年窮」的故事，這個故事源自愛沙尼亞。

==================

愛沙尼亞首都塔林的舊城區保留著中世紀的痕跡，一條條通往舊城廣場的小街窄巷兩旁有不少特色的地道小店。沿著這些石春小路一直走便會抵達空曠的舊城廣場，廣場上的塔琳市政廳（Tallinn Town Hall）於 1404 年竣工，是束歐波羅的海一帶最古老的會堂。

遊客都會將相機對準市政廳的屋頂，為一個人形的風向標拍照。它標誌著塔林一個叫湯瑪士的傳奇人物（Vana Toomas，Old Thomas）。幾百年來，他就站在塔林的最高處，守護著這個城鎮。

湯瑪士自小與賣魚的媽媽相依為命。每日天未亮，媽媽便會帶著兒子到城門口的水壩前等待堤壩打開撈魚。天亮了，媽媽要到城裡賣魚，便會吩咐湯瑪士在水壩附近等候她。久而久之，湯瑪士與駐守水壩的守衛開始混熟。守衛們見他乖巧，便開始教他如何

使用一些如長矛與弓箭等兵器，因為勤於練習，湯瑪士學得不錯。

每年春天，中世紀的塔林城內會舉行一次「射鸚鵡節」（Parrot Shooting Festival）。這是一項供達官貴人參加的射擊比賽。主辦單位會把一隻木製鸚鵡放在一根高聳入雲的木竿上，第一位能夠用弓箭把木鳥射下的參賽者會被封為「年度射擊手」。有一年，比賽已經開展了一段日子，也沒有一位參加的富商或大臣能夠把木鸚鵡射下。

在某個晚上，湯瑪士攜著守衛為他特製的兒童弓箭經過木竿，抬頭看見那隻原封未動的木鸚鵡，心血來潮把箭上弓往後一拉，噗通一聲，木鳥登時從高處掉下來。

第二天，事情被發現了。有人不滿比賽被一個小孩「破壞」了。那是一個供上流社會人士參與的比賽，豈能讓一個窮小子弄垮？但有人卻覺得，既然湯瑪士把木鳥射下，他應該受到嘉許。結果，雖然湯瑪士並沒有獲得比賽原本的加冕與獎項，但是他的技能卻被賞識，軍方決定好好栽培他成為一個出色的守衛。湯瑪士不負所望，長大後成為了一個盡忠職守的士兵，一生守護著塔林這個家園。

他的事蹟在民間流傳，湯瑪士離世後，人們為記念這位鬥士，便將他的模樣鑄成風向標，於 1530 年把他放在會堂最頂尖的位置，讓他繼續守護塔林下去。會堂經過了戰火與歲月的洗禮，新的銅像分別在 1952 與 1996 年被裝上，老湯瑪士就站在那裡直到今天。

===================

我告訴孩子，雖然湯瑪士的事蹟至今已經快五百年了，但在先進的社會裡，依舊有一些固執與缺乏自信的人會以年紀去判斷一個人的能力、看輕年紀比自己小的人。雖然我們未必能改變別人的

看法，但最重要的是我們首先不要一口咬定凡事都不可能。

於是我認真地叮囑孩子要相信自己，未嘗試過，便不要說「可是我們只是孩子」這種話，因為年紀不應該是一個為自己開脫的藉口。其實，人愈窮便愈跌得起，年紀愈小才愈有潛能使萬事變得可能，因為他們才是令未來世界改變的人。

下課後，有孩子拿著五線譜來問我：

「Ms Yu，我可以把這練習簿帶回家嗎？」

「當然可以！」我答。

第二天，這位一年級的孩子特地來找我，原來他用學過的音符把四頁五線譜填得滿滿的，細看之下，當然錯漏百出，音符東歪西倒，根本不能奏出來。

「Ms Yu，你看！我昨晚作了一首曲！有四頁紙長呢！」他驕傲地說。

「真是個好開始。要努力學習音樂，繼續創作。說不定你長大後能夠成為作曲家呢！」我說。

孩子滿足地笑著點頭。我也笑了，因為他踏出了「相信自己可以」的第一步，能夠認真地隨心創作，其他的瑕疵都不要緊了。

5.5 | 誰願成為傑出的奴隸？

偶爾會聽到老師對自己常要自掏荷包去買禮物給學生有微言。新聞也有報道過有家長因為禮物不夠吸引而向老師投訴，校長還叮囑老師買禮物要得體，別影響學校聲譽。

這現象令我想起聽回來的一件事。

話說我有個朋友是小學班主任，為了鼓勵良好習慣，她在班上設立獎勵計劃。這類計劃在小學尤其常見，學生會因為做得好而獲得貼紙。當累積到一定數量，便能換領小禮物。

這位朋友告訴學生獎勵計劃最吸引人之處：「全年度累積貼紙最多的三位同學，還會得到大獎呢！」二年級的學生聽到後頓時吱吱喳喳，盤算自己如何能打入三甲，然後有位學生問：「大獎會是雙人來回巴黎迪士尼的套票嗎？」這一問令老師啞口無言。一個只有七歲的人，到底要經歷過甚麼，才會覺得自己完成份內事的結果，會是機票連迪士尼入場券呢？

其實由第一日當老師開始，我便告訴自己不要墮入貼紙與小禮物的無底深潭。起初的原因很簡單，就是怕麻煩，不想公餘時間常常要跑到書局留意貼紙價格；而且我為人善忘，與其因為忘記帶貼紙而要跟學生交代，不如打從第一堂課就不給。

久而久之，我發覺即使沒有物質的利誘，孩子依然熱愛上課。於是我自問，既然孩子天生愛學習，到底在教學上加入這種外在的原動力，是好是壞呢？

後來花了點時間去認識心理學大課題「動機」（Motivation）中的「誘因理論」（Incentive Theory），發現當外來動機如果用不

得其所，的確會削弱學生的內在動機。

一份常被引用的實驗報告也推論了這一點。研究員將五十一位三至五歲的孩子分成三組，並提供不同的畫具和顏料去讓孩子創作圖畫，第一組的小朋友知道完成後會獲得一顆小星與蝴蝶結，第二組在完成活動後也會獲得小禮物，但他們事前對獎勵全不知情，第三組則不會在完成活動後獲得任何禮物。

結果，研究員發現雖然三組的孩子最終都完成作品，但在過程中，第一組小朋友花在探索桌上不同顏料的時間，遠比第二與第三組的孩子為少，那明顯是因為孩子都希望儘快得到獎品。

如果單純看結果，三組小朋友都達到要求了。可是只要我們想深一層，都會同意第二組孩子的學習經驗豐富得多了，而由始至終也不知道小禮物存在的第三組，學習經驗則與第二組的孩子雷同。即使沒有得到獎勵，我相信他們也會歡天喜地告訴爸爸媽媽當天畫畫的經驗，並為遇上新顏料而感到高興。這已經是一個立體、完整兼有質素的學習過程。明顯地，在這種情況下，獎勵是莫須有的。

當然，教育也不能沒有目標，但是老師能夠與孩子一起在這漫長的路上細看風景、好好保存他們那份相信知識及熱愛探索的心態，遠比自掏荷包去獎勵學生去做一些應做的份內事來得緊要。老師不能這邊廂投訴家長學生過分勢利，那邊廂卻用物質鼓勵學習，因為這其實是好心做壞事，將孩子的好奇心與對學習的熱忱和耐性一併消磨，令他們變成急功近利的人。

一生背負著那只懂得為物質獎勵而勞碌奮鬥的枷鎖，即使最後家財萬貫並成為公認的傑出人士，卻其實跟那隻需要時刻看見紅蘿蔔吊在眼前，才肯前進的騾子差不多——表面優秀，實際只是物質的傀儡。試問誰希望成為一個披著華麗衣裳的奴隸？

我們要讓孩子明白，學習的樂趣與滿足感，並不是一份小禮物可以取代的。就如當我們讀完一本好書，沒有人會特地買杯雪糕去獎勵自己，因為心裡已經夠快樂了。

老師當然亦有責任去令家長明白某些底線。我們沒錯是受薪的，但老師並非僕人，亦不是要忙著討好孩子、不斷扭氣球派禮物的小丑，獎與罰我們自有分寸，一切額外的嘉許只不過是學習上的副產品，任何人也沒有得寸進尺的權利。

得罪說句，貪得無厭的學生與咄咄逼人的家長，是一些沒有底線的老師有分縱容而成的。

能夠自尊自重很重要。有尊嚴的老師才能教出有尊嚴的孩子。當父母毫不留情地踐踏老師的尊嚴時，他們甚至會為此沾沾自喜，卻不知道，自己其實正在踐踏孩子的未來。

所以，別因為一些小恩小惠跟自己的孩子過不去。

參考資料：

Lepper, M.R., Greene, D., & Nisbett, R.E. (1973). Undermining children's intrinsic interest with extrinsic reward: A test of the "overjustification" hypothesis. *Journal of Personality and Social Psychology*, 28(1), 129-137.

5.6 | 等待與忍耐

小一生的專注力有限，動不動便會覺得不耐煩，所以上課時一有機會，便會跟他們討論一下何謂「等待」。

「好，我們開始上課！」說罷，便見到一個男孩舉手。

「老師，我想上洗手間！」學年剛開始，總有一些尚未習慣課程時間表的孩子出現類似的狀況。

「你剛才小息時沒去嗎？」我板起面孔問道。

「我忘記了⋯⋯」孩子充滿歉意地說。

「那你現在去。我們全班一起等你回來。」我男孩馬上急步走出班房。

說好的一個都不能少，代價是個個一起等。過了才十秒，有留在課室裡的學生便開始發出埋怨聲，覺得同學耽誤了大家的時間。我站在他們面前不發一言，再過了一分鐘才開口。

「孩子啊，請告訴我，老師正在做甚麼？」

「你在等待。」坐在我面前的女孩子回答。

「等待是全世界最悶的事情。」她旁邊的男孩面露不悅地搭話。

「說得沒錯呢。等待真的很悶，可是我不覺悶，因為我不只在等待，還正在練習忍耐呢。」

「忍耐是甚麼？」男孩問。

「當你等待的時候，如果沒有不滿或悶的感覺，便是一種忍耐。」我嘗試用簡單的言語解釋。

「但等待的時候，我們就這樣坐著，沒甚麼好做，怎可能不覺悶？」有坐在後方的男孩嘗試反駁。

「沒甚麼好做？但當我等待的時候，我才有機會留意到一些平時沒有留意到的事情啊！你們立刻安靜下來，試聽聽有沒有小鳥叫聲？」

大家一秒間肅靜下來，窗外傳來一陣蟋蟀叫聲。

「是蟋蟀！」有幾位孩子興奮叫出來。

「啊！沒有小鳥，原來有蟋蟀！那是我們平日上課時沒有留意到的。你們告訴我，剛才我們也是在安靜等待，但你們覺得悶嗎？」

孩子都搖頭，好像明白了些甚麼。

「我剛才說當我在等待的時候，其實也在練習忍耐就是這個意思。雖然你們只能安靜地坐著，但是腦袋可以在這個時候吩咐自己嘗試聆聽或觀察，可能會發現一些意想不到的東西呢！只要你學會忍耐，等待便會變得沒那麼難受。孩子，我們現在一起安靜地練習一下吧！」

剛才瀰漫在班房的怨氣好像突然消失了，孩子們依然安靜，但大家都感受到這份寧靜中添了一份額外的生命力。

等待是被動的，忍耐卻是一種選擇。學會忍耐，等待會變得沒那麼可怕。

5.7 | 留白

幾年前的一個寒假，我到了日本一趟，除了在東京感受一下日本新年氣氛外，也南下到了靜岡縣的伊豆半島待了數天。火車離開大城市後便一直沿著海邊行駛，看著平靜的大海，心情自然放鬆了。我下榻於伊東市內一所百多年歷史的旅館。旅館雖舊卻很乾淨，但畢竟是所老房子，當我往上層走的時候，樓梯會發出嘎嘎聲。

旅館職員逐一介紹旅館內的設施，我的房間對面是一個大廳。大廳比我的房間大兩倍，除了兩邊盡頭牆上掛著幾幅字畫，廳中並沒有任何擺設及傢俱。職員友善地告訴我那是共用空間，歡迎我隨便使用。我當時心裡想，與其來到這空空如也的大廳無聊呆坐，何不留在設備更齊全的套房內？我更疑惑為何旅館不將這空間改建為房間，這樣一來便可容納更多的客人、賺更多錢。這樣空置著，太浪費了。

念頭一閃即過。我卸下行李後便外出觀光了。晚上回到旅館，泡完溫泉時間尚早，不知怎地，心裡老是記掛著那空無一物的大廳。於是我泡了杯綠茶，獨自坐在大廳一角。

起初感覺好無聊，茶太熱未能呷，手裡既沒電話又沒有圖書，而大廳裡也沒甚麼好看的，視線不知應該放在哪。當焦點消失，我覺得好寧靜，不是聽覺上的寧靜，而是腦袋靜了下來。我恍然大悟，那是久違的「放空」感覺！

我登時為自己較早前覺得旅館浪費空間的想法感到羞愧，責備自己為甚麼一看見空間就只會想到該如何把它填滿，反省過才記得留白的重要。於是我就坐在那裡，甚麼也不做、甚麼也不想，就

專心地好好把茶喝完。說難不難，說易也不易，畢竟放空是種修行呢！

離開伊東前，我走到車站旁的公園，看見石階，便沿路一直走上去。到達瞭望台時我往下俯望，除了看見伊東港全景外，還能鳥瞰公園內的遊樂場。

這個遊樂場的設計簡單，韆鞦、滑梯及沙池各佔一角，餘下來的就是一大片空地。從來都覺得，遊樂場的空間比設施更重要，因為遊樂設施的玩法有一定規範，空地卻藏著無限的可能性——正是一片能令孩子鍛鍊放空的樂土。

孩子們可能會在空地上看見螞蟻在列隊搬運糧食，也可能會撿到他們視為寶貝的石頭。他們可以找來樹枝在空地上畫畫，或者用石頭砌城堡，當然也可以在空地上奔跑追逐。他們會不知不覺地記下鞋子與沙石磨擦的聲音，這種聲音會化成童年回憶的一部分，代表著快樂和自由，為他們注入自信。看著這個遊樂場，我想，住在這裡的孩子，大概從小就開始學習「留白」這一課，所以長大以後，或許會更懂得欣賞空間的美。

生於大城市的孩子似乎沒有這種能夠學習留白的機會。遊樂場即使沒有人患，也被七彩的塑膠設施填滿；校內與課餘的時間都是排得滿滿的功課與興趣班；他們的腦袋亦被各種跟他們生活毫無關係的天文地理常識塞得滿瀉。

多少孩子，鞋帶也未綁得好便要留意時事做剪報、「狐狸先生幾多點」的規矩還未搞清楚便要學立體圖形、母語咬字未清便被安排學習外語……不要老是控訴制度出錯，事實上我們都有份將這一張張白紙迅速填滿，因為我們自己也不懂得為生活留白，覺得無聊是種罪過。

不是嗎？難得假期外遊總要預訂下班後的航班，喘著氣趕到機場乘夜機離港，一下機急不及待東奔西走拍照吃東西，把行程塞得滿滿的，結果假期比上班更累人。週末一到，我們總會安排得妥妥當當，節目一浪接一浪，務求令假日不枉過。緊湊的行程與鋪排，無疑能夠令人覺得快樂，可是狂喜過後，要靜下來經營平淡的日常時，那落差自然令大家覺得生活很沉悶。無聊的感覺令人不知所措，於是又努力想辦法填滿它，根本是個沒完沒了的惡性循環。

遇過很多孩子，年紀小小便口齒伶俐反應奇快，但只要細心觀察，便發覺他們缺少了一份能細細觀察、靜靜思考的能耐。因為記憶被外在的事填滿了，腦袋再盛不下那些看似無聊的事情——如鞋子在遊樂場沙石上磨擦的聲音和螞蟻列隊的模樣。於是他們帶著零碎的童年回憶長大，又化成新一代每天營營役役、賺很多錢卻不懂得生活的人。

我們都忙著引導孩子認識世界、明白他人，卻往往忽略了教曉他們如何用耐性去認識世界。在過度喧嘩的世界裡學會為自己的生活留白，是我們首先要學的功課。將容器注滿是連小學生都能立刻上手的技能，明白放空後才能容得下更多的道理，卻是每個人一生的功課。

5.8 | 呼吸自由

當老師，無論任教哪個科目，目標應該都是一致的，那便是將世界上最寶貴的東西一點一滴種入孩子的心裡。

那顆種子叫做「自由」。

台灣的龍應台教授這樣為兒子解釋到底為甚麼要讀書：

> 「孩子，我要求你讀書用功，不是因為我要你跟別人比成績，
> 　　　而是因為，我希望你將來會有選擇的權利，
> 　　選擇有意義、有時間的工作，而不是被迫謀生。」

所言甚是，知識改變命運的意思並非止於用學回來的換取一官半職，而是讓我們有按喜好尋找下半生快樂的選擇權利。有選擇權利的人其實就是能夠活得自由自在的人。自由並非放任，而是一種收放自如的藝術，好比呼吸。

上音樂課的時候，我們有一起安靜聆聽、專心唱詠的時間，也有放聲叫、哈哈大笑的時間。每課應該被看重的，應該包括這一收一放的節奏。孩子還小，當然不時會有失控的狀況，到他們冷靜下來，我會提醒他們：

「使用過度的力量玩遊戲，有時候其實不合適，反而不能真正享受箇中樂趣。今次拿捏不好不要緊，下次再試一下。」

那些過分興奮的孩子們喘著氣聽我這麼一説，在一呼一吸間點點頭，已經長大了一點點。

話雖如此，其實每次見到孩子的全情投入我都會暗自高興，因為

在特定的環境下保持安靜和收斂，是許多孩子一早就學會的規矩，反而他們當中懂得釋放的卻不多。日復日的成長裡，不呼只吸，學習生態被扭曲。難得遇上孩子還有投入感、熱情奔放，便應盡量配合調教而非壓制。打壓從來都是最容易的管教方式，但只懂得規行矩步的孩子，難以成為自由和有思想的人。

不得不承認，身處在這個資訊爆炸的世代，生活變得無比便捷，但卻不知不覺地賠上各式各樣的自由。當某些自由被不公平地剝削時，幸好部分人還剩下一點自覺。

曾經有孩子直接問我：「老師，其實自由是甚麼？」

我打個比喻。

兩個孩子同時走到公園的一塊大草坪前。其中一個二話不說踏上草地奔跑，然後開始放風箏。另一位孩子先問媽媽：「可以到草地玩嗎？」媽媽左顧右盼，確定沒有「不准踐踏」的標語後便批准了。

他們都是好孩子，表面上同時在草坪上快樂地奔跑著，可是他們心裡的草坪，一片是無邊無際的，另一片卻滿佈無形圍欄。第一位孩子覺得凡事都可以，除非有人說不行；第二位孩子覺得凡事都不行，除非有人說可以。

自由，活在每個人的心裡，它有時強大，有時脆弱。強大時，它像呼吸一樣理所當然的，沒有人會特地討論；而當它受威脅時，人們便需參與一些實體化的行動，跟信念相近的人互相勉勵，去確定自由的價值——那是承托生命的基本價值。所謂守護自由，其實是守護人心，讓人活得有價值。

孩子聽罷，似懂非懂地點點頭，深深呼了一口氣，又長大了一點點。

第六課：夢想

夢想是

I always day dream, especially on something super silly and making those dreams become true that a real scientist to do it and I am that scientist.

（我常常發白日夢，特別在一些蠢事上；令那些夢成真正正是科學家應做的事，而我就是那個科學家。）

| Daniel Lee，5 歲 |

夢想係好容易有，要實現夢想係好難。例如我想同公公婆婆、爸爸媽媽、細佬一齊住一間好大嘅獨立屋，不過香港唔夠地，*so all the developers only build tall apartments or if you want a house, you need to move to in the middle of nowhere and I will have to travel for a long journey for school.*

| Sophie Lee，7 歲 |

夢想是住在擁有大草地的山林裡，有空間跑步、野餐和踢足球，也可以看河裡的魚兒，跟牠們一起洗澡。

| Hadrian Man，7 歲 |

我希望長大後能夠成為一位飛機師，讓家人可以坐著我駕駛的飛機到不同的國家遊玩。

| Marcus Leung，8 歲 |

我的夢想是成為一個發明家，發明一些我這
個年代未有的東西，譬如我喜歡的卡通片裡
面的機械人。如果有壞人便可以打敗壞人，
也可以保衛這個城市，令城市變得安全。

| 游子朗，9歲 |

夢想是可以訪問 Emma Watson，親身問她
有關拍攝《哈利波特》電影時的感受及點滴。
希望一天我能夠編寫精彩的劇本給她演出！

| Matthew Lee，9歲 |

夢想是甚麼？我覺得夢想會隨著成長而改變。記得
我還是幼稚園生的時候，夢想是當空中服務員。她
們的形象既專業又優雅，所以我曾視她們為偶像。
隨著我長大，外遊機會多了，開始發覺自己每次坐
飛機都會感到不適，原來抵受不了機艙內的氣味！
那是我夢想的轉捩點。我自兩歲起便開始跳舞，那
時年紀小，談不上對舞蹈有甚麼熱誠。隨著時間過
去，我有機會參與校內不同的演出，發覺自己開始
享受跳舞。演出與排練的時間表總是排得密麻麻
的，但我樂在其中。從那時起，成為專業舞蹈員便
成為了我的夢想。現在我繼續上芭蕾舞課，但也開
始對其他種類的舞蹈感興趣，所以有時會在家裡自
學。我的夢想也許在未來又會改變，但不要緊，只
要繼續努力，夢想是會達成的。

| Venice Lau，13歲 |

When you're small, you don't think about feasibility. Rather, you let your imagination run wild and allow yourself to dream the impossible. Little did anyone know that in due time this word would slowly dull in colour until it reduces into a segmentation of our imagination. We begin to factor in the barricades in our world, generalising that the most successful people in our world have merely attained their place through luck. 'That can't possibly be me' - I would say. Sometimes I wonder what our world would be like if these expectations cease to exist.

（當你年紀還小，你不會去想事情是否可行，反而會任由幻想力自由飛翔，並容許自己擁有看似不可能的夢想。「幼小」這個詞語會漸漸褪色直至成為我們想像的一部分。我們開始會受制於世界的規範，認為世界上最成功的人之所以能夠到達今天的位置都是出於運氣而已。「我不可能做得到。」有時我會懷疑如果這些想法停止出現，世界會變成怎樣。）

| Jasmine Ng・18 歲 |

6.1 「問題學生」

幾年前從報章讀到香港男孩林雋永的故事，他自七歲起習芭蕾舞，舞蹈家王仁曼覺得他是可造之材，於是悉心栽培。結果不負眾望，在中三那年，他獲巴黎歌劇院芭蕾舞學校取錄，毅然離港習舞去。

我不時會引他的故事跟父母們分享。畢竟在香港，中三輟學到異地學藝的例子少之又少。雋永的父母能夠這樣放手，一定膽識過人。

幾年後再讀到有關他的消息，喜見雋永更上一層樓，被首屈一指的巴黎歌劇院芭蕾舞團取錄。那年他的媽媽受訪時說了一句令人感動的話：「能將自己的興趣變成職業是最好的。」

試問有多少父母有這般器量，將自己原有的期望放低，憑著那感覺虛無的信心放手讓孩子去追夢？

想到這裡，我想起另一個值得記下的故事。

===================

從前有一位女孩，她是個「問題學生」——在校內上課的時候總是無法集中。她會騷擾同學、離開座位和胡亂發出聲音。

八歲那年，老師在無計可施之下，要求父母帶女兒看醫生。校方覺得也許藥物可控制得了她，甚至可以安排她轉到特殊學校上課。

父母別無他選，聽從勸說帶女兒去看心理醫生。踏進醫生的房間後，女孩一直坐在媽媽身旁。奇怪地，醫生一直只顧跟媽媽交談。直到最後，醫生終於轉向女孩說：

「你剛才做得真好，謝謝你耐心等候，但請你在這裡再坐一會，我要跟你的媽媽到外面談一下。只需一會，可以嗎？」

女孩點了點頭。

醫生離開前，將房間內的播放機扭開，讓輕鬆的音樂流瀉。醫生一把門關上，便在走廊上對媽媽說：

「我們就站在這裡，從這窗戶觀察你的女兒一會。」

過了一會，在房間裡等待的女孩站了起來，她隨著音樂自然地跳起舞來——不是胡亂地跳，而是隨著拍子，優雅地動起來。就算不懂舞蹈的人，如醫生跟媽媽，都看得出這女孩子的一舉一動都充滿著舞蹈的天賦。

醫生終於開口說：

「你的女兒沒有問題，她只是個天生的舞蹈家，所以需要上的並不是特殊學校，而是舞蹈學校。」

===================

這是舞蹈家 Gillian Lynne 的故事。就算不認識這位芭蕾舞家的名字，也不會沒有聽過她負責編舞的音樂劇 Cats 和 Phantom of the Opera。

Gillian 繼續憶述說：

「當我踏進舞蹈學校的一刻，我感到前所未有的興奮。課室內全部都是跟自己一樣的人，他們都在動，他們都是我這種需要靠身體活動去學習的人！」

我是從教育家 Sir Ken Robinson 的演說*第一次聽來這故事的，後來再重溫了很多遍，每次我都由衷的感動。要是那天醫生開的不是收音機而是一張藥方，學校就會多了一個安靜地坐在椅子上的女孩，但這世界便會損失了一位巨星。

其實只要你看看那些老是靜不下來的小孩子，便知道靠身體律動來學習其實是與生俱來的。我們都曾經擁有用四肢感受世界的能力。但在我們熟悉的城市裡，這天賦在小孩上幼稚園時，都會被那些古老的規矩壓抑著。久而久之，我們都不想動了。

Sir Robinson 在那著名的演說裡也提到，我們所認識那所謂「學校」的概念，其實是上世紀工業革命的產業。革命前，許多孩子都在街上學習。工業革命把世界整個營運模式扭轉，因為所有東西都要流水式的大量生產。

工廠大流行，令世界的經濟急速發展。細心一想，學校不也是一所工廠嗎？一式一樣的椅子和桌子、一式一樣的校服，以及一式一樣的教學法生產出一式一樣的學生——那是工業革命時期非常合宜的模式，因為社會急需一班有知識的人口。

但世界已經變了，我們過去這幾代人都是工業革命的受惠者，那個曾經革新的營運模式把我們帶到一個講求創新、獨特的時代。你看，工廠都開始關門了，因為人們追求的不再是一式一樣的東西。

那為甚麼學校還存在呢？或許應該問的是，為甚麼學校還未變革呢？

現今教師與父母面對的挑戰是，我們都是那「啤罐模式」下的產品，要接受一套革新的理念真的需要無比的信念和器量。

從今，除了 Gillian 的故事外，我還可以分享有關香港人林雋永的故事。他們兩位雖然來自不同年代，但都屬於舞台上而非課室內。

我不只為他倆的成就驕傲，更對他倆的父母分外敬佩。他們的選擇讓大家明白，就算沒有能力與天賦當一位孩子的啟蒙者，只要我們不要當上孩子成長路上的打壓者，已經是對他們未來最好的貢獻。

Gillian 與雋永的媽媽都不懂得舞蹈，但是她們都樂意接受自己孩子的與別不同，並放手讓孩子追夢去。正因為孩子能帶著父母師長的祝福毫無牽掛地勇往直前，所以即使他們的路一點也不容易，也能夠走得比別人快樂甘心。

*教育家 Sir Ken Robinson 一場名為 Do schools kill creativity? 的演說，是演講視頻 TED 有史以來其中一段最高點擊率的影片。

6.2 | 選拔

任教一年級的其中一項任務，是要在百多人裡，推薦十幾個聲音合適的孩子加入合唱團。

「孩子，我自開學初期，便跟你們一起尋找自己的歌聲，老師相信你們當中有不少人已經找到了，因為你們大夥兒一起唱時很動聽呢！所以今天，我想邀請你們每一位在大家面前唱一段旋律，如果聲音適合，我會推薦你們參加學校合唱團。現在我給大家五分鐘準備一下。」

聽我這麼一說，課室的氣氛瞬間變得十分熱鬧，有孩子因為有選拔的機會而緊張得用力吸一大口氣，有的更誇張地尖叫起來；當然，也有孩子因害怕選拔而顯得很不安。這時有人舉手問：

「Ms Yu，如果我根本不想參加合唱團，需要唱嗎？」

孩子們靜下來聽我回答：

「不需要的，但你也可以找個朋友練習一會兒，說不定練習完你會覺得試試也好！」主導權始終還給孩子好。

我啟動計時器，課室轉眼化成練習場，每個孩子——包括那個剛才說不想參加的那位——都張開嘴巴唱起來。有孩子跑去找幾個朋友圍了個小圓圈一起唱，有孩子拉著最好的朋友到課室角落對唱、有孩子坐在原位一臉認真地邊做動作邊唱，也有幾個調皮的男孩子隨便放聲唱一次後便無故追逐起來，要我提醒後才勉強多唱一兩次。我很喜歡在這時觀察每個孩子的選擇：縱使目標一致，準備的方法卻各有不同，他們就是這麼不一樣啊！

嗶嗶嗶⋯⋯計時器響起，五分鐘練習完畢。孩子嘩一聲自動自覺返回自己的座位。此時，有孩子不悅地來到我跟前投訴說：「有同學說我唱得很難聽。」我請他先回座位，因為我準備好說的一番話正可以回應他。

「孩子，你們見過指紋辨識系統嗎？」

聽到我無端說起些題外話，孩子隨即留心起來。

「我指的是那種需要靠指紋開鎖的工具，譬如我的電話需要用指紋解鎖，也有些人開啟家裡大門時，用的不是鎖匙，而是指紋。當你將手指放在門鎖上，大門便會自動打開。」

在我比劃之際，有位同學大叫：

「噢！我知道！我家的門鎖也是這種！」

既然有用家，我便裝傻問他：

「那如果小偷來了怎辦？他也可以將指頭放在門鎖上，將門打開啊！」

「不行，門不會開的，因為他的指紋不一樣。」他一句說出重點，讓我順利入正題。

「原來如此，其實全世界的人指紋都不一樣呢！所以指紋辨識系統只會為已儲存的指紋開鎖。孩子，你們知道嗎，除了指紋辨識系統外，也有聲音辨識系統。在這世界上，不會存在跟自己一模一樣的聲音呢！所以說，聲音跟指紋一樣，是獨一無二的。」

「即是可以用聲音開門嗎？」有些孩子腦筋轉得特別快。

「技術上應該可以，但這並未普及。我即將邀請你們當中有興趣參加合唱團的同學，為大家演唱。你以為我在選『最好』的聲音嗎？」

孩子不約而同地點點頭，然後感到不少孩子的眼裡隨即閃過一瞬的忐忑。我又怎會不明白，那種害怕自己不夠好的感覺確實會令人感到不安。於是我肯定地繼續說：

「才不是呢！我只希望選出『最合適』的聲音，不被選上不代表你唱得不好，明白了嗎？」他們點頭，好些疑慮似乎消除了。

「孩子，能夠一次過聽到多把不同的聲音，是我們的幸運。既然聲音獨一無二，所以沒有好壞之分。正因如此，取笑別人的聲音是愚蠢的表現。」

一說道理，有孩子開始分心了，於是我又轉個話題：「如果 Ms Yu 告訴你，我覺得長頭髮的人比短頭髮的人優秀、藍眼睛的人比黑眼睛的人聰明，你認同嗎？」

「才不會！這樣說真笨！他們不過是不一樣而已！」聽到我說傻話，全班便哈哈大笑。

「沒錯！不一樣而已。既然不一樣，將兩者比較是多餘的！正如有些孩子會取笑別人的歌聲，除了沒禮貌之外，其實更凸顯自己很笨呢！讓我們來做個有腦袋、會思考的聽眾，現在一起聽聽每位同學的歌聲如何不一樣，好嗎？」

孩子們似乎都忘記了老師其實正在選拔，專心一致期待聆聽大家的演出。最後，我喜見每班大多數的學生都願意站起來試唱，當中有大聲的、有輕聲的、有清脆的、有沙啞的、有唱低八度的、有音準有待改善的……同學用心唱，其他孩子細心傾聽著，時而

微笑，時而皺眉，沒有人認為哪位的聲音可笑。他們不斷運用有限的音樂認知去分析聽來的聲音。

選拔是其次，學習聆聽才是這一課的重點。

表演藝術是種表演者與觀眾之間的互動，換言之，表演的時候兩者缺一不可。沒有表演者會希望對牛彈琴，所以培養一群有質素的聽眾，其實跟培養一群優秀的音樂家同等重要。

成王敗寇那滋味不好受，所以一向不太熱衷選拔或比賽，總覺得那不是年紀太小的孩子懂得面對的感受。多少孩子因為贏了而驕傲得不可一世，也有不少孩子因為輸了而挫敗失望。有時善後的功夫比起事前準備更艱難。

花在訓練技巧以外的時間與心思絕對不會浪費，因為如果孩子日後選擇繼續深造，選拔是表演藝術裡必經的關口；而能夠在選拔中脫穎而出的，往往不是那種只擁有高超技巧的參賽者，而是那些愈戰愈強、擁有極佳心理質素的演奏家。

6.3 | 天分

每年入冬前都比較忙碌，因為正值音樂考試的季節，要為應考聲樂不同級別的學生預備。不少學生在高中時期達到八級水平便止步，畢竟進階的演奏文憑試對技巧的要求較高，曲目內容也較艱深，不是每個學生都有能力應付。聲音發展催逼不來，所以我鮮少推薦學生報名，因為不希望他們為考而考、草草了事。

試過有一年難得一口氣推薦了幾位學生預備文憑試，過程很累人，但慶幸能見證他們的進步。其中兩位彼此不認識，卻有很多相同之處：他倆同樣就讀中五、同樣自一年級開始跟我上課、同樣參與了合唱表演多年。

不同的是，一個有天分，一個沒有。

談天分有點殘忍，但的確有這回事。這兩位學生中，一位從小聽力好、記憶力強，任何歌曲聽我示範兩、三次，已經可以自信地唱出八成；另外一位，天生聲音有點沙啞。記得他上課初期，我要抱著他瘦小的身體，挨近他的耳朵唱，他才驚覺原來唱歌與說話的聲線有所區別。

十年來，我分別跟他倆每週見面，發現當天分經歷過時間洗禮，有抑或無，最終其實分別不大。

有天分的那位，小學未畢業便輕易於五級考試取得優異成績，也屢在比賽獲獎。榮譽背後，我其實擔心比開心多，因為眼看他開始自滿和瞧不起別人，那都是一些令學習停滯不前的警號。幸而他媽媽也察覺到孩子的態度起了變化，願意合作。於是我提出了兩個建議，第一、我們要擱置考試計劃幾年，花更多時間學習不

同種類的歌曲，務求用音樂的多元令他明白到自己的聲音其實不夠彈性，只不過能夠把某類型的歌唱得較好而已；第二、我建議不定期讓他參加一些程度較高的比賽。雖然他發揮不錯，卻屢戰屢敗，因為參賽者中明顯有人比他表現得更好。他漸漸不再投訴評判如何不公平，或狡辯自己如何比別人優勝，因為終於發現天外有天。我跟他媽媽大費周章為他這樣鋪了兩、三年沒有榮譽的路，終於，他的專注力回歸藝術的本質，不為比賽、不為考試、不為自己，只為唱好音樂而訓練。

沒甚天分的那位自小很喜歡唱，可惜每逢演出都不能發揮應有水準，他從未得獎，考試成績平平。這些年間，我倆分享了無數沮喪的時刻；他達不到我的要求時會很懊惱，有時還會哭出來。我誠實告訴他，老師不會因為他哭而放棄要求，但音樂是一生的，所以進度慢不緊要，但他不能放棄嘗試。最難捱是他十一歲那年，因為快踏入青春期，情緒控制得不好，每次跟他上課後，都有種打完仗的感覺。幸好他的父母充滿耐性與信任，雖然孩子進步幅度看似不大，但眼見孩子喜歡唱便讓他唱下去。到他十四歲左右，多得一直以來的合唱訓練配合，聲音穩定了下來，不再沙啞。我們課堂裡的戰場範圍愈縮愈窄，開始見到默契與共識。如今只要一個眼神或一句簡單的評語，他便知道我要求他改正甚麼。每次見面，我依舊會照直說出他的不完美，但現在他終於不再憤怒，能淡然接受自己不足之餘，亦相信自己有一天能做到。

十年了，我還記得跟這兩位孩子坐在地上唱兒歌、說傻話的日子，如今他們個子都長得比我高。我們上課時除了談音樂，還有文學、歷史以及一些生活日常。近年經常跟他們笑說，我這個老師已經變得可有可無，因為他們在技巧上已經開始有自我修正的能力，能當自己的老師了。

能夠看見他們在文憑試裡自信演唱，又跟考官侃侃而談，是老師

最安慰的畫面。經過十年的起跌，他們終於走出一條有未來的音樂路。

天分可能令我們走得比別人快，但不一定走得比別人遠；沒有天分的人，也能在自己喜愛的領域裡找到一片自在的天空。只有擺脫天分這枷鎖，人才能好好學習。

藝術是一種超越八級的修煉，我只希望當每個孩子不再是孩子時，他們會明白到，每張證書的分量輕如鴻毛，一個人在追求藝術的路上，最珍貴的其實是學會不卑不亢不氣餒，以及走過接納自己的不完美那過程。

6.4 | 不要相信奇蹟

2016年殘障奧運會男子千五米賽跑項目完成後，賽果被各大傳媒廣泛報道。原因是該項目首四名衝線選手所跑出的時間，竟然比早前閉幕的奧運會裡的金牌選手跑出的成績更快。換言之，傷健參賽者的賽果大勝健全跑手。

有報道以「奇蹟」來形容賽果，我卻對此感到有點抗拒。「奇蹟」是一種不能用常理或科學解釋的現象。傷健人士能夠創造佳績，並不是個奇蹟。他們能夠成功是因為能夠首先克服缺陷，再付出與健全運動員相等或更多的苦功，才能踏上競技場，所以這種一步一腳印的付出，用「奇蹟」去標籤其實有點冒犯。

那回競賽，令我想起另一位奧運選手的事跡，也是一個我喜歡跟孩子分享的故事。

====================

1940年出生的 Wilma Rudolph 是個早產嬰兒，出生時才4.5磅。在家裡的二十二個孩子當中，她排行二十。四歲的時候，她患上小兒麻痺症。病毒雖然沒有奪取她的性命，卻導致她的左腳與腳掌扭曲，需要靠步行輔助器活動長達八年之久。到她十二歲，才完全康復過來，正式再次自行走路。

多年的病患並沒有令 Wilma 喜愛運動的熱誠減退，康復後的她步姐姐後塵，加入了學校的籃球隊，在籃球賽事休季期間，她便參與田徑訓練。早年的缺陷令她錯過操練，所以她格外用功，教練亦悉心栽培她參加校際比賽，可惜在第一次的常規賽事裡，她慘敗而回。

Wilma 並沒有因此灰心，繼續努力練習，她的努力亦令自己的身體更強壯，開始在各級別賽事勝出。她在徑賽的階梯一直往上爬，直到獲得奧運資格；在 1956 年墨爾本奧運終於嶄露頭角。Wilma 與美國隊隊友於女子 4 x 100 米賽事中奪得銅牌。

四年後，她在羅馬奧運再下一城，除了在隊際賽獲得金牌外，更一口氣摘下女子一百米及二百米的金牌。當時，Wilma 被譽為地球上最快的女飛人。她的故事激勵人心，雖然人生經歷多番起跌，但她卻不覺得自己是一個奇蹟。在一訪問裡，Wilma 說：

I just want to be remembered as a hardworking lady.

（我只想別人記住我是一個勤力的女人。）

= = = = = = = = = = = = = = = = = = = =

跟孩子說完故事，我都會問他們：

「那麼，你希望別人覺得你是個聰明的人，還是個勤力的人？」

因為聽完這個故事，孩子的即時反應都希望自己如 Wilma Rudolph 所說，成為一個勤力的人，可是要真正學會這一課談何容易。

曾讀過一個實驗*：一班背景與程度相若的孩子被分成兩組去完成一份淺易的數學測驗。自然地，他們都能獲取很高的分數。不同的是，當老師稱讚第一組孩子時會說：「做得好！你們真聰明！」面對第二組孩子，老師則說：「做得好！你們一定有努力嘗試！」

然後，這兩組孩子再被安排做測驗，這次試卷的程度較深，有些題目更是遠超他們能力範圍。結果十分有趣，被稱讚「聰明」的那組孩子的總成績，與被稱讚為「努力」的那組孩子相比，前者

的分數竟然低很多。研究員報告說，當「聰明」的那組孩子看見艱深的試題時，他們大部分都不願嘗試，寧願交白卷投降；相反，「努力」的那組孩子看見艱深的題目時，他們盡力解難，所以得到部分的分數。

教育路上，見過許多孩子被「天分」二字所累，他們年幼時享受「天分」所帶來的榮譽、不費吹灰之力便能達到目標，可是年紀愈大便變得愈平庸。聰明反被聰明累，他們覺得「努力」是沒天分的人才需要的，所以對「努力」暗暗地心存鄙視，結果只能陶醉於自以為得天獨厚的國度裡。

到別人憑著努力後來居上，他們會寧願放棄也不願再求突破，生怕一旦付出努力，「天分」的光環就會掉下來、奇蹟不再。反觀一些看似沒天分的孩子，卻因為對某科目或興趣的熱愛，孜孜不倦地鑽研，最後成為專家，也比別人強。

的確，天分在很多人的前半生佔著舉足輕重的位置，但可以肯定的是，它不是一種能夠帶領我們完滿走完一生的先天資產。

Wilma Rudolph 的故事便證實了，即使一個當初看似輸得徹底的孩子，沒有天分、不靠奇蹟，到最後依然能夠贏得漂亮。

* Mueller. C. M., & Dweck, C. S. (1998). Praise for intelligence can undermine children's motivation and performance. *Journal of Personality and Social Psychology*, 75(1), 33—52.

6.5 │ 矽谷學童連鎖自殺事件

在美國加州的 Palo Alto 市有一所名校，它在 2014 年被美國網站 *U.S. News & World Report* 列為全美國最佳的 STEM School（專攻 Science, Technology, Engineering 與 Mathematics 的中學）第五位。這所名為 Henry M. Gunn High School（下稱 Gunn High School）的學生成績十分優異，每年的畢業生中有很多都獲得頂尖大學取錄。另外，校方每年都會派出學生參加數學、生物科學、機械、發明及藝術等不同項目的國內與國際比賽，屢獲佳績。

這張亮麗的成績表，相信很多父母都希望能夠送自己的子女就讀吧？且慢，最後一則有關這所名校的資料，可能會使人卻步。這所學校分別在 2009 至 2010 與 2014 至 2015 學年發生學生連鎖自殺事件。

資料顯示，五名 Gunn High School 的學生在 2009 至 2010 學年間自殺。由於事發頻繁，當時被美國的疾病控制及預防中心界定為連鎖自殺事件。沒想到在數年後，連鎖自殺悲劇再度出現，三位來自 Gunn High School 的學生於 2014 至 2015 學年中的短短六個月間，不約而同在距離學校不遠的火車軌上了結生命。在同一學年，四十二名正就讀該校的學生，因為有明顯的自殺傾向而需要接受不同程度的精神治療。

Palo Alto 校區的監督人稱，連同市內另一所也是名校 Palo Alto High School 的數據計算，這兩所中學過去十年的自殺率是全國平均的四至五倍。一份於 2013 年完成的問卷調查結果顯示，有 12% 於 Palo Alto 區內就讀的中學生表示，自己在過去十二個月有過自殺的念頭。

雖然連鎖自殺的個案，每年在美國各地也偶有發生，可是在短短數年間發生兩次實屬罕見，情況令人十分擔憂。特別值得關注的是，在輕生的同學名單中，都有華裔學生的名字。

加州一向是華人聚居地，而 Palo Alto 是矽谷的其中一個城市，離三藩市與聖荷西不過約半小時車程。當讀到有關 Gunn High School 連鎖自殺的文章時，我發現很多被訪問的同學與家屬都擁有華裔姓氏。原來該校有 42% 的學生為亞裔，而當中多數是來自中港台的學生。

Palo Alto 是美國境內其中一個最富庶的社區，人均收入比加州的中位數多一倍。不少來自美國境內外、從事創新科技的專業人士，為了自己的工作及下一代的教育，都會選擇在此置業，Facebook 創辦人 Mark Zuckerberg 便是其中一個例子。再看 Gunn High School 的資料，學生家長的教育程度極高，有 90% 以上擁有大學學位，當中 74% 更有碩士或以上的學歷。

Palo Alto 活像一個「贏在起跑線」的代表城市，在此求學的青少年擁有極佳的生活環境、過人的家庭背景。他們看似甚麼都不缺，諷刺地，父母最不能承受的悲劇卻接二連三發生。

在第一輪連鎖自殺案發生後，很多父母都對事件避而不談，普遍認為輕生的學生都應該是「問題學生」，譬如本身有情緒問題或社交障礙之類。可是當 2014 年一位眾人眼中樂觀開朗、前途無可限量的優異生在毫無徵兆下自殺後，父母不得不承認，即使自己的孩子表面上如何「沒問題」，其實也有可能正在面對不同程度的情緒病。雖然在 2010 年，政府已經派了一隊專業團隊介入 Palo Alto 的學童情緒支援，可惜仍然阻止不了第二輪的悲劇發生。

悲劇發生後，我們除了會問「為甚麼？」之外，也想知道「可以做甚麼？」在網上的討論平台上，有 Palo Alto 的市民認為只為學

生提供支援其實是治標不治本的方法。亦有父母在網上留言道：
「是我們（父母）給了孩子太多的壓力，令他們覺得非成功不可。
校內的輔導不能改變家長。」

雖然沒有數據顯示華裔的學生比其他族裔的學生自殺率高，可是
來自亞洲的學生每天都面對著父母極高的期望，這是不爭的事實，
「中國式教育」在歐美國家向來是一個熱門話題。加上亞裔家庭
普遍覺得情緒病是個恥於掛在口邊的話題，要他們主動求助並非
易事。有見及此，Palo Alto 的華人團體曾在區內舉辦針對華裔父
母的講座，邀請來自史丹福大學的精神科專家，以過來人身份用
普通話主講，將「情緒病」這個一直被華人視為禁忌的話題搬出
來討論。

講座裡，專家分享了一個故事：

「一天晚上，中國女孩帶了同校的男友回家，媽媽第一反應是首
先問一下男友的 SAT 分數，得悉他的分數比自己女兒的低，便擺
出一副臭臉、看不起男友。於是女兒便不忿氣地說：『媽！當初
是你要求我要在 SAT 拿取全校最好的成績。我做到了！現在你竟
要求我交一個比我拿得更高分的男朋友？這根本是不可能的！』」

在場不少父母聽到此時都不禁點頭認同，似在反思自己對兒女那
「不可能的期望」又豈止這一個。

學者認為，華裔父母對兒女嚴苛的教養態度植根於歷史與文化，
不是一種容易被改變的信念與習慣。對子女抱著高期望其實沒有
錯，最大的挑戰在於如何在極高的期望與現實之間找到平衡點——
譬如說被哈佛及史丹福等頂級大學取錄的成功率，其實好比幸運
大抽獎，父母自己要首先明白，結果並不反映兒女的實際能力與
努力。多花時間關心子女的身心健康其實比甚麼也重要。

當然，有人會認為這些都是老生常談，可是對於思想保守的上一代來說，肯聽、肯學、肯參與有關情緒病的討論，其實已經在思想上跨出了一大步。他們其實關心，卻不知道該如何做起。所以這種針對家長的講座，對遏止自殺風氣也許會有預防的作用。前線的學生支援固然重要，但是對父母的支援其實也屬不能忽視的一環。

每當有學童自殺，傳媒總會大肆炒作，引來不少即時回應，卻少見深入的思考與反省，各界的關注只是曇花一現，不消一會便被新的新聞淹沒了，但這顆計時炸彈並沒有因為一時的討論而拆除或暫緩。讓我們都以 Palo Alto 的事件作為借鏡，對於少年輕生這問題不去渲染的同時也不要避而不談。為下一代解決問題始終是成年人的分內事，及早預防在任何時候都比亡羊補牢實際。

父母今天肯為孩子踏出的每一步，其實都在一點一滴地為他們儲蓄明天那份對生命的熱愛。

家庭，從來都是生命教育的起點。

6.6 | 奪命金

校內的音樂科設有獎勵計劃，鼓勵孩子在家練習樂器。學生只要在每次練習後記下練習時間，到學期末結算時若能累積一定時數，便能獲獎，獎項亦按時數多寡分金、銀、銅三個等級。

每年我都會花時間跟一年級的孩子認真講解計劃，希望他們能養成良好的練習習慣。講解完畢，我都會問孩子：

「你們希望得到金獎、銀獎還是銅獎？」

問題一出，總會有幾個孩子衝口而出大聲說：

「當然是金獎！」

然後有所有孩子都會附和，覺得自己非拿金獎不可，但只要細心觀察，有些孩子會流露出一絲不安的眼神。他們有的可能根本不知道拿金獎的意義，有的可能沒有信心自己可以做到最好，一下子將不知所措寫在臉上。

「孩子，拿金獎固然好，但 Ms Yu 之所以問你們的目標，其實希望你們學懂為自己設下實際的期望。」

「實際」這個詞似乎太深了，於是我舉例說明：

「你們才開始學習樂器兩星期，如果 Ms Yu 說希望你們在三個月後，要奏得比中學生好，那便叫做『不切實際』的期望。」

孩子似乎明白了，於是我繼續說：

「Ms Yu知道你們放學後可能很忙,有很多重要的事情要完成,功課啦、學游泳啦、學畫畫啦、看書啦,還要玩耍,對不對?」

孩子聽到我將「玩耍」列入「重要的事情」便很高興,於是更全神貫注聽我繼續說:

「所以呢,Ms Yu知道未必所有人都能夠每天抽十五分鐘練習樂器,拿下金獎,但我希望你們每天都能拿出樂器,五分鐘也好,這樣也許亦能獲得銅獎。現在我給你們一分鐘想想自己的時間表,然後問自己,實際上可以抽出多少時間練習,再在金、銀、銅三獎中鎖定目標。你們不用理會別人的選擇,因為你們的時間表各有不同,所以希望奪銅獎的同學,並不比希望奪金獎的同學差。Ms Yu只希望你們能設下一個實際的目標。」

我煞有介事地啟動計時器,希望他們認真思考。一分鐘後我再問孩子:

「班上誰希望在期末獲得銅獎?」有五、六位孩子舉手。

「那誰的目標是銀獎?」有七、八位孩子舉手。

「那金獎呢?」大部分的孩子依然希望衝擊金獎。

「很好,Ms Yu都祝你們成功,如自己所願獲得獎項。」我微笑誠心所願。

為自己的人生設立正確的期望是人生中多麼困難的一課。我們身處的教育環境裡,充斥著種種不切實際及互相矛盾的期望。多少人口說求學不是求分數,言行卻徹底出賣自己。是我們的態度令孩子覺得,所有事情非要奪金不可;但另一邊廂,我們卻沒有好好地教育他們如何認識自己的長短處,從而為自己在各學科與人際關係裡,度身訂造不同的目標。於是,隨著他們長大,都被排

山倒海的期望壓得喘不過氣來，長期陷於不能達標的懊惱情緒之中。

每次有孩子輕生，大眾都會習慣地嘆息，再習慣地控訴社會及制度，但有多少人會好好反省對下一代的期望是否實際？是否從一而終？抑或我們只不過人云亦云，被教育裡的潮流牽著走？政策上的改動，根本不能直接影響孩子對生命的看法，可是如果父母及前線教師能改變態度與想法，便能為孩子即時抒憂解困。

「人生規劃」不是一幅突然會從石頭爆出來的藍圖，而是靠從小一點一點累積而來的。只要多花時間去引導孩子認識自己、啟發他們的自省能力，然後拿出勇氣去相信孩子，那份藍圖便會慢慢被著色、被填滿。他們年紀雖小，但其實已經有為自己打算的能力。孩子得到的信任愈多，他們才能自信地想得愈遠。

請尊重孩子為自己立下的目標，雖然這些目標在成年人眼裡可能毫不起眼或「不夠好」，但我相信誰都寧願看見孩子因為達成一個不起眼的目標而歡天喜地，也不願看見他們當中再有一個因為如何努力也不能在人生中奪金而走上絕路。

6.7 | 北大豬肉佬

在網上讀到有關「北大豬肉佬」的故事，慨嘆原來教育在成就一個人的同時，亦能成為同一個人的枷鎖。

1985 年，出身農家的陸步軒以狀元姿態考進北京大學中文系。畢業後，他按慣例獲政府委派工作，但幾年後他便覺得沒趣、賺錢不夠多，於是決定回家開間賣豬肉的店，當上一個「豬肉佬」。念及自己骨子裡其實是個文化人的身份，他特意把店命名為「眼鏡肉店」。「北大畢業生賣豬肉」這搶眼的標題被傳媒大肆報道，令陸步軒在 2003 年成為一時紅人。

要面子的政府當然不甘心被批評沒有妥善安排畢業生的出路，讓人才流失，於是便重新邀請陸出任不同部門的工作。但也許是他對豬肉情有獨鍾的緣故，輾輾轉轉還是回歸肉店。他融合自己寫作的技能與對豬肉的了解，先後出版著作《屠夫看世界》和《豬肉營銷學》。兩書內容與教科書無異，內容涵蓋營養學、營銷學和實用如教人怎樣分辨灌水豬肉等題目。其後他遇上另一位同道中人，在廣州開設屠夫學校，旨在令劏豬這門技能專業化。陸現在已婚、育有一子一女、有自己的店、有兩套房子。

陸步軒成功嗎？我相信你會像我一樣點頭認同。他對自己「成功」的看法卻並非十分正面。

十年後，即 2013 年，陸應母校北京大學的邀請為將畢業的學弟學妹演說。他一開始便哽咽了，然後用這句話去描述自己的成就：「我給母校丟了臉、抹了黑，我是反面教材。」雖然他事後解釋這開場白只不過是想用來搞個氣氛，但卻為旁聽者帶來無限感慨。

========================

孔子推崇教育，儒家思想亦明顯地在東方的教育史裡根深蒂固。自從有科舉考試以來，讀書便成為各階層子弟向上流的途徑，但讀聖賢書，所為何事？說到底便是能通過考試、獲得朝廷任命一官半職。十年寒窗無人問，一舉成名天下知，哪管只是個九品芝麻官，只要能循規蹈矩效忠朝廷，便算光宗耀祖。士農工商以士為首，如果你不是讀書人，對不起，無論做得如何出色也比不上那些飽讀詩書的官僚子弟。

也說萬般皆下品，唯有讀書高——這種在我們的血脈裡經歷了千多年的思想實在揮之不去。我們還未能接受西方教育那種能挑戰權貴、成就自由的另一面。所以到了千多年後的今天，教育對下一代的期望仍然止於「讀好書、搵好工」的層面。日趨開通的父母，口裡可能說著沒所謂，但如果有一天孩子如你所願完成學位後告訴你他要跑去劏豬宰牛放羊，即使最後能有陸步軒一樣的成就，父母心裡都會有點不是味兒——讀那麼多書、如此聰明伶俐，為甚麼有正路不走硬要走偏路？

令人覺得惋惜的是在這個崇尚服從的文化裡，能夠不隨波逐流、排除萬難去走自己路的孩子已經不多，而有決心有膽識的卻也不一定成功。到他們成功了，卻因為成就與社會公認的定義有所出入，餘生都竟要背負著一絲愧對教育與家人的歉意。這種民族性的迂腐到底要何時才會消失？

西方詩人歌德說：

There are two things children should get from their parents: roots and wings.

（孩子應該從父母那裡獲得兩樣東西：他的根與一雙翅膀。）

沒錯，就只有這兩樣。在沒有傳統的枷鎖、沒有侷促的期望下，孩子來日才能真正享受屬於自己的那片天空。根的重要，在此不說了。我們眼巴巴見過不少頑固的父母，親手把自己在孩子出生時送贈的那雙翅膀折斷，還有一些專上學府的高層邊提倡自由，邊打壓正拍著翅膀嘗試高飛的年輕一輩。

不希望孩子成為「北大豬肉佬」的原因並非職業的貴賤，而是因為在他的天空裡，頂多只能做一隻風箏——無論外型如何漂亮、飛得多高多遠，都要牽著一絲對制度、對傳統的歉疚。但願我們都能記住好好保護孩子的翅膀，令孩子長大後能展開雙翅，像麻鷹般無牽無掛地翱翔天際。

6.8 | 年輕這個罪名

開始留意瑞典女孩 Greta Thunberg，除了因為她活躍於討論氣候問題，還因為某次讀到她如何回應自己患有亞氏保加症這回事。她將別人眼中的「病」（illness），視為一種「超能力」（superpower）。她說：

I have Asperger's and that means
I'm sometimes a bit different from the norm.
And — given the right circumstances —
being different is a superpower.

（我有亞氏保加症，即是說我有時會跟別人有點不一樣。
而在某些合適的情況下，與別不同其實是種超能力。）

能夠排除萬難去接受自己的不一樣，談何容易？

Greta 尚未成年，便走在環保抗爭的前線跟前輩與各國領袖正面交鋒。事實上，傳媒也沒有因為她年紀輕而善待這位女孩，反之，針對她的聲音源源不絕。不少人質疑她說話的認受性和動機，她的一句說話、一個眼神都會引來海量抨擊，當中不乏總理、總統、專家、作家等大人物說出令人難堪、明顯是對人不對事的言論。

年輕，果然是最容易被公審的罪名。

為了自己的未來咬牙切齒怎會是罪？趁年輕，用一些因為前所未見，所以被視為古怪的方式去改變世界，又怎會是罪？

從來只有那些專長、技能欠奉的人，才會用年資去瞧不起別人，因為那是唯一的籌碼。他們只會沉醉於話當年，然後輕蔑地拋下

一句「我們年輕時豈會這樣？」年輕時獨有的那股熱血，一生只出現一次，錯過了便不可能再追。要怪，只能怪自己年輕時沒有認真追夢，無理地將自己年輕時的不濟套於嶄露頭角的新生代之上，豈有此理？

==================

2015 年，三十三歲的 Graham Moore 憑電影《解碼遊戲》奪得奧斯卡最佳編劇。致謝辭中的一句「Stay different, stay weird」成為一時佳話。他在演說的開端就提及自己十六歲的那年，曾經因為接受不了自己與人不同、找不到自己的位置而嘗試自殺，所以他寄語年輕人要咬緊牙關，堅守自己獨特之處及一點點的古怪，終有一天便會找到專屬自己的舞台：

*When I was 16 years old, I tried to kill myself because
I felt weird and I felt different, and I felt like I did not belong.
And now I'm standing here, and so I would like this moment to be
for this kid out there who feels like she's weird or she's different or
she doesn't fit in anywhere: Yes, you do. I promise you do.
Stay weird, stay different, and then, when it's your turn,
and you are standing on this stage, pass the message along.*

（我十六歲的時候，曾經因為覺得與眾不同和找不到歸屬感而嘗試自殺，但現在我卻能夠站在這裡，所以我想趁這機會向外面每一位自覺古怪、不同及找不到歸屬處的孩子說：世界一定有你們的歸屬處。請你們堅持自己的不同、堅持自己的古怪，他日到你站在自己的舞台上，也請將相同的訊息轉達給更多的人。）

==================

環顧四周，多少年輕人都如今天的 Greta Thunberg 或當年十六

歲的 Graham Moore 一樣，正在努力地求同存異。

從來沒有人能預測，他們十六歲時所作的抉擇會否將他們帶到一個更美好的新世界，但年輕人有的，是比大人更多的時間去不斷修正，就算窮得一無所有，時間永遠都站在他們那邊，這是不變的定律。

再說，無論有否被斷症，每個人生下來都是獨一無二，兼帶著一點點的古怪。成年人也許被社會同化了而變得「正常」。先不談這是可喜還是可悲，但起碼誰也沒有資格去鄙視別人擁有的「超能力」。如果要等孩子們長大成人後憶述自己十六歲那是如何捱過種種嘲諷聲，才給他們敬禮掌聲——這種徹底的偽善才最值得鄙視。

要是每個人十六歲那年，接收到的鼓勵與支持比抨擊與打壓多，未來的世界也許會更加不一樣。

匈牙利音樂老師

每年踏入七月，學期來到尾聲，老師們都會開始收到學生送上的感謝卡。在被感謝的同時，總會想起成長路上教過自己的每位好老師。

我曾經到過匈牙利修讀一個課程，至今仍會不定期收到該學府寄來的電郵資訊。最近，得悉一位專門教授教學法的老師剛剛離世，這則訃聞勾起了那年我在她課堂聽過的故事。

認識老師時，她已是位退休多年的祖母，只會偶爾在學院擔任客席教授。她曾在匈牙利的公立小學任教音樂長達五十年之久。老師年輕時是音樂教育家 Zoltán Kodály 的門生，所以我能夠跟她學習實是三生有幸。雖然她已經頭髮斑白，走路時也佝僂著，但當瘦小的身軀走到她最熟悉的黑板前，會立即變得靈巧生動，一開口說話便將學生們吸引過去。聽著這位老太太講課，我們一班在職老師霎時變成小孩子。

老師向我們解構匈牙利的音樂教育課程與系統，以及 Kodály 教學法的理念。除了理論環節，她總會預留一點時間跟我們分享一些教學生涯裡的小故事，我每次都聽得入神，最深刻的是有關一位小男孩的故事。

==================

話說當年有個小胖子，雙頰總是如他的頭髮一樣紅，很可愛。一年級時，他頗喜歡上音樂課，但每次唱歌總是一臉尷尬。有一次，老師友善地叫他來到鋼琴旁邊，要求小男孩跟老師唱一些簡單的旋律。老師清脆地唱：「do～mi～so」小男孩壓著聲音唱出「啊～

啊～啊～」幾個沒有音準、沒有高低的音調。

老師心裡有數，對小男孩微笑説：

「那是很好的嘗試！你繼續唱，一定能夠唱得更好！」

到了二年級時，老師繼續鼓勵小男孩。雖然音準依然未達標，但他唱歌時已經少了一份尷尬，上課時能夠投入地與同伴高歌。小男孩升上三年級，音樂科由另一位老師負責，原本的老師跟這位小男孩的教緣告一段落。

如是者二十年過去了。

事情發展沒有峰迴路轉，小男孩沒有成為出色的歌唱家，但原來他從未忘記這位曾經在自己六、七歲時遇上的音樂老師。他長大後回母校探訪，首先要找的正是這位老師。小男孩已經長成一位高大的男士，容貌早已改變；老師卻似乎沒有太大轉變，依然每天在小學音樂室裡，清脆地跟孩子唱著「do ～ mi ～ so ～」。

老師看見眼前這位英俊的大男孩，皺一皺眉，想了半天也認不出他是誰。大男孩告訴老師從前上音樂課的事情，老師再看他紅紅的頭髮，終於記起了！

這些年來，回校探望老師的舊生不少，有的成為音樂家，有的成為銀行家，有的在超市裡當收銀員，他們通常都是當年活躍於音樂活動的學生。雖然老師對這位男孩印象不深，但都坐下跟他談了一會。男孩從口袋中拿出一張門票遞給老師，説：「我指揮的樂團以美國為基地，但會到世界各地演出，今年終於來到布達佩斯。我知道後立即想起你，為你預留了門票！老師，雖然我的歌聲依然不太動聽，但如果沒有你，我大概不會喜歡音樂，更不會以音樂作為我的職業。」

老師微笑點頭，謝過門票便趕快回到音樂室，準備下一堂音樂課。

==================

聽完老師的分享，我感動得淚水在眼眶打轉。她為我們分享這件事情的時候，沒有半點驕傲的神色。她要告訴我們的道理，並不是教育可以為老師帶來榮譽，因為學生的成就從來都不是老師的冠冕。

老師只是提醒我們安分守己的重要而已。匈牙利的每位音樂老師，都是音樂教育裡一群忠心的守護者。他們相信音樂教育的威力，可以強大得保家衛國。我有幸遇上的這位老師便是其中一分子，她的願望就是要教導出一代相信音樂的孩子。因為她在五十年的教學生涯裡，從沒有令小朋友在音樂裡自卑，所以孩子可以按照自己的進度，慢慢探索浩瀚的音樂世界。

老師最後叮囑我們在座來自世界各地的音樂老師：

「不要低估小孩子，最不起眼的學生都可能是下一位貝多芬。當老師的總得相信他們！」類似的說話聽過很多遍，可是當叮嚀者是一位工作了半個世紀的音樂老師，當然特別有說服力。

不同階段的老師都肩負著不同的職責——幼兒老師為小孩子埋下種籽，小學老師給幼苗灌溉，中學老師確保學生在知識上扎根、啟發思考，大學老師鼓勵下一代創造知識、回饋社會。

紅髮男孩大概一生都遇上安分守己的老師，他們沒有揠苗助長，也沒有以孩子的大小成就去證明自己的能力，所以男孩可以按部就班、無憂無慮地追尋自己的理想。

當老師，少有成為甚麼大人物，卻是能悄悄住進人心裡的人物。堅持有教無類，並非單單因為職責所在，而是因為，老師是社會

上最設身處地被成長感動著的一群。別人一生就只長大一次，我們卻有幸天天活在成長的進行式裡。縱使那日復日、年復年瑣碎的工作不會被表揚，甚至有機會被踐踏，但只要能夠見證孩子們自信地慢慢成長，已經是對老師最大的加冕。

後記：畢業生說

就如前言提到，當年那班和我在音樂室席地而坐的 1ABCDEF 孩子，轉眼就要畢業、要告別童年了。於是我在社交媒體隨機聯絡了幾位畢業生，請他們寫下對人生的一點體會。畢竟在我的印象中，他們還是那班連畫音符也畫得東歪西倒的傻孩子，所以我格外欣賞他們的文采與見地，也驚嘆成長的威力。讀完他們的分享，我也成長了一點。

快樂是……

快樂是吃著猛烈太陽下快溶掉的雪糕，那短暫卻珍貴的感覺。
快樂是跑在一塊一望無際的草原上，那簡樸卻自在的感覺。
快樂是就算擁有很多很多，卻為身邊的小事而微笑的感覺。

| Caden Li，17 歲，1C |

Flooded with news about the soaring cases of COVID-19 recorded globally, the rapid deterioration of freedom in Hong Kong, the destructive and irreversible rate of global climate change, we often forget how much happier we are nowadays then compared to our hunter-gatherer days. Whilst humankind is still largely ignorant as to what makes homo-sapiens truly happy, we still derive pleasure from something that our berry picking ancestors could not have imagined, like going to school daily, seeing a doctor when we get sick, talking to our friends wherever we are and whenever we want to…….
Happiness, unlike suffering, has no scars to remind us of. So, let's still give happiness the "hype" it deserves!

（當世界正被負面新聞淹沒：COVID-19 疫情、香港的自由進一步收窄、全球氣候走向無法逆轉的崩壞……我們很容易忘記今天的我們已經比狩獵時代的原始祖先幸福得多。當大部分人仍然忽略真正能令自己快樂的東西，實際上我們正透過前人無法想像的途徑獲得喜悅，像日常上學、生病去看醫生、隨時隨地跟朋友聊天。快樂，跟痛苦不同，不會有傷痕提醒我們。所以，來吧，來讓我們一同宣揚快樂的價值！）

| Anna Kam，17 歲，1D |

善良是……

小時候總覺得善良是為人之本，但逐漸發現原來遇到善良的人並非必然，尤其是當種種無理的事在身邊不斷發生，善良更顯得格外珍貴。縱使很難，但願我們在這瘋癲的世界仍能好好保留著一顆善良的心，為這不太美好的世界增添幾分美好。

| Jovia Leung，18 歲，1F |

成長是……

Growth isn't always easy. Changes can be scary, painful or even overwhelming sometimes. There will be days where everything seems hopeless, where you just want to give in and fall back to your past mistakes. But you just have to hold on to that glimmer of hope and keep moving forward. Remember that the end product will always be worth it. It always will be.

（成長並不容易，因為改變常常帶來恐懼、痛苦、打擊，甚至有些日子會令人感覺絕望，讓我們想要放棄和回到從前，但我們需要做的只是朝著那微小的希望之光前進。記住，最後收穫回來的必定會值得票價的。一定如此。）

| Cassie Wong，17 歲，1D |

Growth is sometimes a painful process. Though I did not realise this until years after the fact, losing loved ones early on has proven to be one of the most facilitating experiences for my personal growth. I look back on it as having taught me sensitivity, independence, and the importance of sustaining healthy relationships with the ones I care about. It is hard to remember that growth isn't a race, and that some things will set in differently compared to everyone else.

（成長有時是一個痛苦的過程。直至多年後的今天我才意識到一個事實：失去摯愛是其中一件令我成熟起來的寶貴經驗。回頭再看，它令我變得敏銳、獨立，還教會我與重視的人維持健康關係的重要性。雖然我們有時會忘了人生從來不是一場競賽，但有些事情的確無需也不能夠與別人比較。）

| Carly Khaw，17 歲，1C |

Learn from your mistakes so you will know when you are repeating it.

（只有從錯誤中學習，你才會在重複犯錯時有所意識。）

| Anson Chan，18 歲，1A |

勇氣是……

> 我認為勇氣是當你非常恐懼一樣東西的時候依然
> 會勇往直前，不會回頭望、不會後悔作出決定。
> 以高牆雞蛋為例，「雞蛋」無懼「高牆」打壓，
> 團結一致站出來，出一分力，希望守護、改革自
> 己所住的土地。這就是勇氣嘅的最佳表現。
>
> | Matthew Lam，17 歲，2C |

> *We often tell ourselves to toughen up amidst the biggest
> challenges, but I immediately turn to my reservations
> with the intention of understanding them, which fuels my
> determination to take the opposing action despite it. Because to
> be truly brave, I must truly fear as well.*
>
> （我們不時告訴自己在挑戰襲來時要堅強起來，但
> 我突然對於這種說法有所保留，因為我想理解它
> 們，這令我下定決心要採取不同的方法應付。因為
> 要真正地勇敢起來，必須同時接受自己的恐懼。）
>
> | Dora Fok，17 歲，1C |

Courage is diving headfirst into the unfamiliar; courage is fully committing to preparation and penning a passionate statement, even when you know you're unlikely to get into your dream school.

More importantly, courage is confronting someone you're afraid to lose about an issue in your relationship; courage is letting the tears spill; courage is telling someone "i love you" and meaning it, even when you're terrified of getting hurt.

But most importantly, in times like these, courage is to stand up for who you are and what you believe in, no matter how loud the other voices seem or how tall they stand. before an uncertain horizon, courage is fire - it blazes the way, and bathes you in light.

（勇氣是一頭栽進不熟悉的領域去探索。勇氣是即使你知道自己無法入讀心儀的學校，依然全力而赴、充滿熱誠去準備一切。

更加重要的是，勇氣是敢於面對失去愛人的恐懼。勇氣是讓眼淚落下來。勇氣是即使害怕受傷，也要大聲説出「我愛你」。

而最最重要的是，處於這種日子中，勇氣是無論別人站在多高的牆前面、説些甚麼，我們也要站在自己相信的一方。在未知的情況下，勇氣就如火焰，它指引了道路，也照亮了你。）

| Charlie To，18 歲，1C |

自由是……

Freedom is a tacky subject. There are no boundaries to one's extent of freedom. While a goldfish living within a one-by-one foot tank may envy the larger fishes who roam about in aquariums, these larger fishes may similarly envy species at sea who possess liberty of their own fate. Frankly, freedom and democracy is ultimately a game of chase. There is no end goal, for what is true liberty? The size of controversy to this question is endlessly vast. As the fishes in the aquarium protest against their confinement, the goldfish can only jeer in ridicule. To them, the fishes in the aquarium should be happy with what they have. Why ask for more, when you're comfortable with what you're given in the first place?

People and goldfishes alike, we can't be in agreement or satisfaction of what we have when there is something out there bigger and better waiting for us. There are no limits to our potential freedom.

（自由是一種很難被定義的東西，它可以無限延伸，無邊無界。當金魚被困在一個細小的魚缸內，牠會羨慕在水族館裡漫遊的大魚；而水族館裡的大魚則會羨慕海裡自由自在的海洋生物。坦白說，自由與民主就是一場永無止盡的追逐遊戲。甚麼才是真正的自由？這是一個永恆具爭議的問題。當水族館裡的大魚為牠們的生存空間而抗議，金魚只能冷嘲熱諷一番。對於牠們而言，水族館裡的大魚應當知足。為甚麼還要求更多？

人們就如金魚，當知道外面世界更大更美好，就永遠不能滿足於最初擁有的。所以理想中的自由就是永無止盡的。）

| Jasmine Ng，18 歲・1A |

夢想是……

Just because you are not amongst the mainstream does not mean your dreams are not valid, don't settle and have courage to pursue what you truly want!

（你的夢想非主流不代表它是不正確的。不要妥協，要有勇氣去追求心中所想！）

| Dorothy Wong，18 歲，1B |

香港孩子，猶如塊寶，顆顆奪目耀眼、閃閃發亮，必成大器。

跟孩子上人生課

作　　者　Ms Yu
責任編輯　何欣容
書籍設計　Kaman Cheng

蜂鳥出版
HUMMING PUBLISHING

在世界中哼唱，留下文字迴響。

出　　版　蜂鳥出版有限公司
地　　址　香港鰂魚涌七姊妹道 204 號駱氏工業大廈 9 樓
電　　郵　hello@hummingpublishing.com
網　　址　www.hummingpublishing.com
臉　　書　www.facebook.com/humming.publishing/

發　　行　泛華發行代理有限公司
印　　刷　同興印製有限公司
初版一刷　2020 年 7 月
定　　價　港幣 HK$108　新台幣 NT$480
國際書號　978-988-79923-5-6

版權所有・翻印必究 (Printed & Published in Hong Kong)
©2020 Humming Publishing Ltd. All rights reserved